Robin PLOMB

LES MÉDUSES SOMNAMBULES

Édition : BoD · Books on Demand, 31 avenue Saint-Rémy,
57600 Forbach, bod@bod.fr
Impression : Libri Plureos GmbH, Friedensallee 273,
22763 Hamburg (Allemagne)
ISBN : 978-2-3226-6232-6
CopyrightDepot n°00088193-1

Dans les oreilles de Mona…

I

Le vide. Il m'a attirée. Il m'a absorbée.

Le biomicroscope émit une fois de plus ce grésillement sinistre. Au moins, le docteur Louvet m'avait épargné son instrument moyenâgeux qui maintenait les yeux ouverts, comme dans le vieux film où un gars était forcé de regarder des images violentes pendant des heures. Ces pinces avaient nourri mes nuits de cauchemars et je m'étais promis de ne pas remettre les pieds dans ce musée de la torture. Enfin, c'était avant que ma mère menace de me confisquer mon ordinateur.

— Regarde vers le haut Mona. Plaque bien le front sur la barre. Arrives-tu à soulever tes paupières ? Vas-y avec tes mains, doucement. Vois-tu la lumière ?

— Toujours pas.

Les doigts couverts de latex de l'ophtalmologue tâtonnaient mes paupières inférieures. À chaque séance, il semblait de plus en plus désarçonné par mon cas, il avait cette désagréable habitude de faire claquer sa langue contre son palais lorsqu'il se trouvait dans une impasse. Au nombre de claquements de langue ce jour-là, je voyais bien qu'il avait fait tout ce qui était en son pouvoir, sans succès, mais une forme d'obstination absurde l'animait. Ma mère poussa un grand soupir et Louvet s'empressa alors de lui fournir son analyse à chaud.

> – La pupille est toujours aussi réactive à la lumière. Aucune trace de cécité. À propos de la dystrophie musculaire, vous avez eu les résultats des analyses de sang ?
> – Ça n'a rien donné.
> – Et que dit la psychologue ?

Enfin… il s'avouait vaincu. En évoquant un domaine diamétralement opposé au sien, Louvet venait de jouer sa dernière carte. Il ne pouvait dès lors plus feindre d'examiner quoi que ce soit de nouveau dans mes yeux. J'avais conscience qu'il n'y avait pas vraiment de quoi être enjouée, car ma guérison semblait s'éloigner un peu plus chaque jour. La lumière que le docteur Louvet me braquait dans l'œil ces six derniers mois, je ne l'ai jamais vue. Ces six derniers mois, j'étais restée plongée dans l'obscurité la plus profonde, mes paupières étaient comme scellées et je ne parvenais plus à les relever.

Ma mère n'avait pas ouvert la bouche depuis la fin de la consultation, mais j'entendais d'ici ses pensées contrariées. « Encore une fois, il n'y a pas de signe de cécité. Lorsque je soulève la paupière, l'iris de Mona est justement hypersensible parce qu'il ne côtoie plus de lumière » avait assuré l'ophtalmologue.

Le bourdonnement sourd de la petite Seat se mua en grognement lorsque ma mère s'engagea dans un virage serré. Elle s'adressa enfin à moi d'une voix sèche.

— Tu vas retourner voir Catherine, Mona. J'ai l'impression qu'il n'y a qu'elle qui peut t'aider.

— T'en as pas marre de te ruiner pour des charlatans ? rétorquai-je sans trop peser mes mots.

Bien qu'étant non-voyante, je pouvais sentir le regard noir de ma mère posé sur moi, elle pila devant un obstacle qui n'était manifestement pas passé loin. Le silence reprit place dans la voiture. Évidemment qu'elle était démunie et que me traîner de spécialiste en spécialiste ne l'amusait pas, mais pour moi, les réponses ne se révèleraient pas auprès d'eux. Et puis Catherine, ma psychologue, estimait qu'il fallait creuser dans mon passé, dénicher des failles enfouies. Moi je pensais plutôt que l'origine de ma cécité se trouvait sous mon nez.

Oui, sous ton nez.

Et je me doutais que ma mère ne devait pas se délecter d'imaginer Catherine tenter de me cuisiner pour savoir ce qui n'allait pas chez moi, et par extension, dans ma famille. À la maison, les sentiments amoureux entre mes parents avaient clairement déserté les lieux pour laisser place à une froideur routinière pesante. Et d'ailleurs, j'entendis le portable de ma mère vibrer, il était posé sur un support fixé à la climatisation de la voiture et si je n'avais pas eu les yeux fermés, j'aurais bien vu qui lui écrivait. Mes oreilles glanaient d'autres informations cependant ; la vitesse à laquelle ma mère s'empressait d'ouvrir ses messages, le fait qu'elle ne les commente pas et parfois même, sa respiration qui s'accélérait. Il n'était pas difficile de percevoir que ces textos s'accompagnaient d'une certaine honte, ou excitation. La perte de la vue n'avait pas obstrué mon sens de la déduction et je trouvais particulièrement malsain que ma mère ne daigne pas cacher un minimum ses échanges avec son amant. Elle se trahit aussi en amenant brusquement un sujet de conversation.

— Toujours partante pour le resto ce soir ?
— Oui, tu m'as déjà demandé tout à l'heure…
— J'espère que ton frère sera là.
— Ouais.

Ma famille avait beau s'effilocher lentement, ce que j'avais aux yeux relevait plus d'une espèce de virus que du traumatisme. Alix fut aveugle, elle aussi, juste avant son suicide. Peu de gens l'ont vue dans ses derniers instants à part moi, certes, mais il y avait à l'évidence un tabou assez incompréhensible autour de ce qui nous avait affecté, ma meilleure amie, moi et apparemment plusieurs personnes du coin auparavant. Il était certain qu'elle m'avait transmis quelque chose, mais quoi ? Quels secrets ont disparu avec toi, Alix ?

À la secousse de la voiture, je devinais que l'on traversait le pont de Cerifault. On pouvait sentir l'odeur si particulière de la vieille fonderie au bord du canal, que la plupart des habitants avaient appris à oblitérer de leurs narines. La ville spéculait sur la fermeture prochaine de l'usine depuis des années, mais elle restait en activité, encore et toujours. Sa grande cheminée devait sûrement cracher cette éternelle fumée opaque aux abords du cours d'eau.

La brasserie de l'Arlequin, le restaurant Indien Namasté, l'église, le tabac… pas besoin de ma vue pour reconnaître le moindre centimètre de ce petit bled figé dans le temps. Je me représentais sans problème le ciel grisâtre surplombant inlassablement cette ville sans vie, rien que d'y penser, ça me foutait le cafard. Je rêvais de partir d'ici après le lycée, mais mon handicap soudain fit voler tous mes plans en éclats. Tout ce que j'allais être amenée à faire après l'obtention de mon baccalauréat, c'était des cours de fac en ligne, dans un appart à quelques centaines de mètres de la maison de mes parents, comme ça, ils pourraient m'assister et passer me voir tous les jours tout en me faisant miroiter une certaine indépendance. Quant à mon rêve de travailler dans le jeu vidéo, je pouvais faire une croix dessus.

Mon portable vibra et émit de sa voix robotique placide « Message vocal reçu de Sami ».

– Ouvrir, dis-je.

Soudain, la voix enjouée de mon meilleur ami éclata dans la voiture : « Yo Momo ! Alors il t'a changé les yeux l'ophtalmo ? T'es dispo ce soir ? J'ai chopé du matos à Thomas, tu sais, celle qui m'avait rhabat[1] l'autre jour. On peut se caler au canal, tiens au jus. Bye. »

Mon cœur s'arrêta une seconde. Sami avait une fâcheuse tendance à s'épancher dans ses messages vocaux. Ma mère ne réagit pas et j'étais encore vivante, j'en déduisis qu'elle n'avait absolument rien compris à son message.

---

[1] Être sous emprise de drogue, défoncé.

—   Répondre, dictais-je alors à mon smartphone, « je suis à Pizz'Art ce soir, on fait ça demain sans faute mon chat ».

L'odeur de la pâte à pizza et de la sauce tomate gratinée vint caresser mes narines. Il y a un an, j'aurais fait preuve d'un enthousiasme démesuré à l'idée d'aller à Pizz'Art. Ce soir-là, j'étais tout juste contente.

—   Ciao ! héla Guido en notre direction, ça fait longtemps que je ne vous ai pas vus. Mona, comme tu es ravissante ma fille... mais pourquoi t'habilles-tu en gothique comme ça ?

J'ai feint un rire timide. Au moins, Guido était bien le seul à oser me charrier alors qu'un silence anxieux s'était répandu dans toute la salle en réaction à ma seule arrivée. Le malaise avait suspendu les discussions quelques longues secondes et les coups d'œil curieux faisaient grincer les chaises. Toute la ville était à l'évidence au courant de ma cécité inopinée. Je n'étais personne avant, mais depuis, j'avais décroché le rôle de « la-pauvre-ado-devenue-aveugle-du-jour-au-lendemain » et avec mes yeux fermés, on m'appelait souvent « la somnambule ». Vive la notoriété.

Cela dit, je n'arborais pas un look gothique, cette appellation demeurait la favorite des ignorants. Mon style était plutôt banal, avec une touche de punk et d'émo. Une mèche teintée en rose longeait mon visage, un trait affirmé d'eye-liner noir soulignait mes yeux clos et des vêtements sombres complétaient le tout, mais de là à me considérer comme une gothique…

Nous nous étions installés à notre table habituelle, près de ce grand mur de briques qui dévoilait quelques poutres apparentes. Je n'y voyais pas, mais je n'étais pas en manque de souvenirs pour me représenter l'endroit où ont été fêtés tant d'anniversaires, tant de tout et de riens. Je sentais l'excitation de mon père qui était d'humeur badine. Il attrapa le menu et l'ouvrit.

—   Pour ma fille, le plat du jour c'est pizza aux tripes ou bien on a la carnivore : andouillette, merguez et cervelas ?

Il savait pertinemment que j'étais végétarienne. C'était la blague. Je ne pus évidemment m'empêcher de rire.

—   Je préfère encore une Hawaïenne.

—   Le truc à l'ananas là ? s'écria papa, beurk !

Mon père fit un bruit de gargarismes écœurants pour exprimer son dégoût.

—   Arrête ça tu veux, dégaina ma rabat-joie de mère.

—   Mais c'est Mona qui a commencé.

Malgré plusieurs tentatives de ma mère pour refroidir l'atmosphère, nous avons continué de nous esclaffer comme des bossus, papa et moi. Malheureusement, ces crampes qui saisirent mon ventre ne venaient pas de nos ricanements et me rappelèrent à quels privilèges j'aspirais en tant que femme en devenir. Il fallait que je change mon tampon.

Alors que je me levais pour aller aux toilettes, ma mère s'empressa de proposer de m'accompagner.

— Non, t'inquiète pas.

— Mais tu n'as pas ta canne !

— Je vais survivre.

Quand on est aveugle, il suffit de quitter sa chaise pour s'exposer à un univers hostile et imprévisible. Je n'avais qu'à marcher en ligne droite vers les toilettes, mais ma détermination se heurta à une première table non loin de la nôtre. Je me confondais en excuse alors que tous les regards de la pièce devaient me scruter. Mon père échangeait des banalités avec ma mère exagérément fort pour détourner l'attention, cela me permit de poursuivre mon périple sans trop me préoccuper des émotions que je pouvais susciter. Je ne sortais plus avec ma canne depuis quelques semaines, elle ne faisait qu'accentuer la pitié des gens que je croisais et surtout, je ne pouvais me résoudre à être réduite à ce handicap.

Tout droit. Attention à la porte.

Lorsque je sortis de la cabine de toilettes, je fus brutalement bousculée.

– Oups, excuse-moi.

Je reconnus aussitôt la voix de Justine, cette « camarade » de classe que j'aimais appeler la « Riefenstahl d'Instagram », tant elle inondait les réseaux sociaux de photos d'une vie mise en scène et inventée de toutes pièces. En réalité, elle était bien moins glamour que ce qu'elle voulait bien laisser croire.

> – T'as toujours pas fini ta comédie ? m'envoya Justine. Tu crois que t'as le monopole du deuil, c'est ça ? C'était mon amie aussi Alix et je ne suis pas devenue tétraplégique du jour au lendemain.

À vrai dire, Justine ne pouvait pas saquer Alix, et si cette dernière jouissait d'une certaine popularité de son vivant, sa mort la mit au centre de toutes les conversations. Justine décida donc qu'elles avaient été meilleures amies. Elle avait engorgé son Instagram de stories[1] larmoyantes et de souvenirs factices. Sami m'avait relaté les publications les plus pathétiques et je rêvais de me retrouver devant cette escroc pour lui décrire à quel point je la vomissais. L'ennui, c'est qu'elle m'avait bien pris de court en faisant preuve de

---

[1] Vidéo publiée sur un réseau social visible pendant une courte période.

tant d'animosité, je ne trouvais plus mes mots. J'aurais bien voulu la frapper, mais je craignais de rater ma cible. Au lieu de ça, je ne dis rien, demeurant figée comme une statue de cire.

Justine n'avait de toute façon pas attendu et avait déjà quitté les toilettes.

À mon retour à la table, mes parents étaient silencieux, comme si quelque chose les préoccupait. Je voulus m'assoir, mais ma chaise fut écartée de ma trajectoire. Ma chute fut évitée de justesse, j'avais pu m'agripper à la table. Un rire idiot retentit ; mon frère s'était joint à nous.

— Putain, mais tu fais chier Raph ! hurlai-je à bout de nerfs après l'épisode des toilettes.
— C'est pas sympa Raphaël, ajouta platement mon père.

Mon grand frère poussa la chaise de façon à me faire assoir.

— Ça va, arrête de chialer…

Raphaël s'installa bruyamment à côté de moi puis se figea. Des sons synthétiques de touches de clavier déferlaient, il était subitement happé par son téléphone portable. Je l'imaginais très bien, avec ses cheveux longs gras tirés en arrière, sa banane stupide contre le torse et son air acariâtre dissimulé derrière son acné. Ma mère, qui avait pourtant une autorité naturelle, semblait avoir abandonné le cas de mon frère. Lorsqu'il était présent, elle se fermait. Il faut dire qu'il leur en avait fait voir de toutes les couleurs ces derniers temps, quelque chose s'était cassé entre eux. Et entre lui et moi ? On ne pouvait pas vraiment parler de complicité, je peinais à me rappeler des bons moments passés avec lui et me demandais souvent ce qui avait vrillé. La seule chose qui me reliait à cette personne, c'était nos gènes.

    – Vous avez choisi ? s'enquit mon père.

Ce soir-là, ma margarita avait un arrière-goût amer et la désagréable fadeur de ma vie s'affirmait un peu plus chaque jour. Enfin seule dans ma chambre, je pouvais raconter ma soirée merdique à Sami et mes autres potes sur Discord[1]. Ils jouaient à *Devil's Crypt* en coopération, ce jeu-vidéo où l'on doit massacrer des hordes infinies de gobelins, elfes noirs et autres chimères. Auparavant, je maniais les dagues avec un certain talent et mon personnage avait atteint le niveau soixante-huit. À présent, je devais me contenter d'écouter la description des combats épiques que livraient mes amis. On discutait plus qu'avant aussi, ainsi je ne me sentais pas écartée. Ils étaient cools mes potes. Il y en avait certains que je n'avais vus qu'une

---

[1] Plateforme de messagerie instantanée.

fois ou deux à des conventions, d'autres que je n'avais jamais rencontrés et mon fidèle Sami. Au fil de nos soirées en ligne, malgré mon infirmité, j'avais acquis un nouveau rôle ; j'étais la meneuse de jeu de chaque session. J'établissais des règles et les personnages qu'incarnaient mes amis devaient s'y plier, un peu comme dans les bons vieux jeux de rôle plateau. Je dois dire que je devenais plutôt inspirée. À l'évidence, il y avait également un arbitre nommé à tour de rôle pour vérifier que mes règles soient appliquées à la lettre. C'est aussi lui qui me décrivait ce qui se passait lors des parties.

La sonnerie de notification retentit ; une nouvelle demande d'ami. J'interrogeai mon assistant vocal pour savoir de qui il s'agissait. « LeoPar77 » répondit la voix sans aspérité. Ce pseudo me fit penser que j'étais sûrement tombée sur un joueur du dimanche, un noob[1]. Cependant, le regain de bonne humeur lié aux retrouvailles de mes amis m'enjoignit à accepter l'invitation.

Au cours de notre dernière partie de la soirée, le massacre des gnomes de la forteresse de Gül-Madaar par ma guilde[2] fut interrompu par un ennemi inattendu ; ma mère fit une entrée fracassante dans ma chambre pour

---

[1] Anglicisme désignant une personne néophyte.
[2] Groupe de joueurs réunis sous une même bannière.

me rappeler d'un ton lapidaire que mon cours particulier commençait à huit heures demain. Je dus quitter mes frères d'armes à contrecœur. À entendre ces derniers, mon départ était tragique pour la partie alors qu'ils s'en sortiraient aussi bien sans moi. De vrais amis.

Mon assistant vocal m'indiqua que LeoPar77 m'avait envoyé un « salut ». Sûrement encore un mec bizarre débordant d'hormones. De toute façon, je devais filer. J'éteignis mon ordinateur et me blottis sous ma couette.

Elle était marrante ma mère. Me demander d'aller me coucher alors qu'elle et mon père se gueulaient dessus depuis maintenant une bonne demi-heure. On dit que lorsqu'on perd l'usage d'un sens, les autres s'affinent et il était certain que je percevais la moindre syllabe acérée qu'ils s'envoyaient à la figure. Problèmes d'argent, mon frère, la froideur de ma mère, l'absence de mon père, l'absence de sexe aussi, les suspicions de tromperies… et mon cas, parfois. Tout se mêlait, rien n'était mis en exergue à travers ce déferlement de colère. Rien n'allait plus.

Alors que je plaçai mon oreiller contre mon visage dans le but de m'étouffer, ou du moins, atténuer le vacarme ambiant, mes questionnements nocturnes rejaillirent.

Pourquoi ?

Pourquoi, Alix, pourquoi as-tu ingéré la boîte entière d'anxiolytiques de ta mère ?

Tu avais tout pour toi, tu as toujours été pleine de vie. Comment as-tu pu t'effondrer ainsi du jour au lendemain ? Cela avait sans aucun doute à voir avec ta « maladie », celle que tu m'as transmise. Le dernier soir, alors que tes yeux s'étaient définitivement refermés, tu n'étais pas encore partie, mais il ne demeurait déjà plus rien de l'amie que je connaissais. Peut-être que mon sort serait similaire au tien, peut-être que ma mélancolie constante ne provenait pas juste de l'accablement causé par ta perte et qu'ils se terraient en moi des symptômes plus redoutables encore ? Les questions s'agglutinaient dans mon esprit, ma seule façon de les évincer était de penser à ton visage souriant ponctué de taches de rousseur, ton regard narquois, tes cheveux blond vénitien.

Je mis finalement mon gros casque audio sur les oreilles afin de me faire bercer par le spleen de Yung Lean et son morceau *Ghosts*.

— Bonne nuit Al, murmurais-je face au vide mat de ma chambre.

Bonne nuit.

II

Cette nouvelle journée commença par un gag. Manquant une marche de l'escalier sournois qui relie le premier étage au salon, je le dévalai dans une chute absurde. Du pur slapstick.

– Tadaaaa ! claironnai-je en atterrissant au rez-de-chaussée non sans souffrance.

Ma mère me demanda brièvement si ça allait avant de me rappeler de garder ma canne avec moi, puis de me presser de prendre mon petit-déjeuner. Ivan, mon cher professeur, allait arriver d'un instant à l'autre.

– Je vais réveiller ton frère.

J'entendis maman gravir les escaliers en soupirant. Le tic-tac de l'horloge près du four, l'odeur du café et la fraîcheur du verre de jus d'orange entre mes doigts tentaient de me stimuler, mais je me rêvais encore sous ma couette. Puis le tonnerre gronda au premier étage. Le matin demeurait le seul moment où ma mère avait encore un soupçon d'emprise sur mon frère.

– Non c'est pas bon ! retentit sa voix là-haut, j'en ai jusque-là de te tirer du lit tous les jours ! Tu empestes, dépêche-toi de prendre ta douche et va en cours !

Comme d'habitude, mon père était parti à six heures ce matin. Au quotidien, il bravait les embouteillages de la banlieue parisienne pour rejoindre son boulot où il était traité comme un sous-fifre alors que, de ce que je comprenais des engueulades nocturnes de mes parents, il avait le potentiel de diriger son entreprise. C'était mon père ça, un amour envers et pour tous, même ceux qui le piétinaient. La sonnette retentit tel un gong qui annonçait mon ennui mortel à venir. Je me suis engouffrée dans la salle de bain, en prenant soin de laisser à ma mère le plaisir d'accueillir mon prof particulier.

– Mona, concentre-toi s'il te plaît.

C'était la norme à présent, je n'allais à mon lycée que deux jours par semaine et le reste du temps, les cours venaient à moi. C'était une solution provisoire pour m'éviter une désocialisation totale ou pire encore, d'aller dans un institut pour déficients visuels.

Nous étions installés sur la table du salon. Je sentais le regard sévère de « Gus Fring » sur moi. Oui, par sa froideur et son maniérisme, j'imaginais mon prof Yvan physiquement proche de l'antagoniste apathique de la série *Breaking Bad.*

    – $16 - (2x - 1)^2$ ça donne quoi ? insista-t-il. Décompose le calcul, il n'y a rien de compliqué.

Malgré le côté indéniablement maniaque et rigoureux de Gus, je ne pouvais pas faire l'impasse sur son haleine méphitique, une sorte de mélange d'odeur de café froid et celle d'un vieux livre entièrement recouvert de moisissures. Un de ses soupirs vint caresser mon visage crispé.

    – 16 c'est 4^2. Qu'est-ce que tu en déduis ?

La porte d'entrée claqua et je sentis mon professeur tressaillir. Mon frère venait de quitter la maison. Ma mère enfilait son manteau pour partir à son tour, comme à son habitude, elle devait vérifier la perfection de son maquillage dans le miroir du salon, son rituel matinal.

    – $(4 - 2x + 1)(4 - 2x - 1)$, osais-je.

Quelque chose de singulier intervint à cet instant. J'aurais juré entendre qu'en se rapprochant de nous, ma mère avait lentement caressé le cou de Gus. Je percevais les détails sonores à ce point et elle l'avait manifestement omis. Le silence gêné qui succéda à ce ressenti ne vint pas me rassurer.

    – Euh oui tout à fait Mona, bredouilla le professeur, continue.

J'étais tétanisée. Était-il possible que le type avec qui ma mère entretenait une relation soit mon prof particulier ? Comment pouvait-elle se foutre de nous ainsi ? Je voulais juste mourir de honte. Dans un élan de lucidité, celle-ci sembla percevoir mon malaise.

- J'y vais. Mona, tu as du poulet au frigo pour ce midi. Bonne journée à vous deux.
- Bonne journée Nicole ! fit le professeur avec engouement.

Un nouveau silence s'installa lorsque ma mère quitta la maison. Gus se racla la gorge.

- Bon Mona, tu es avec moi ? As-tu trouvé le résultat ?

Le printemps était encore jeune. La fraîcheur du canal qui glissait sereinement devant nous me réconfortait. Sami avait son bras sous le mien, il était venu me chercher après les cours pour qu'on traine ensemble à notre ponton habituel. Même si nous ne faisions qu'une centaine de mètres, il me guidait, m'orientait, de sorte que je puisse me passer de ma canne. Je n'ai pas fait part de mes tracas à mon ami à propos de ma mère déviante. Peut-être avais-je fait fausse route et à vrai dire, Sami avait expurgé mes pensées négatives à l'instant où j'avais entendu sa voix rieuse et sa fameuse doudoune qui sifflait au gré de ses mouvements. Il avait cette bonhommie qui me tirait toujours vers le haut. Avec lui, je n'avais plus de honte ni d'appréhension, il me donnait le sentiment d'être la meilleure version de moi-même.

—   … Et tu sais ce qu'elle a dit à Justine la prof ? s'enquit Sami. Elle a fait « on n'est pas à un cours de coloriage ! » Justine elle l'a téma, j'ai cru qu'elle allait la buter, t'aurais dû voir ça !

Sami s'interrompit brusquement puis reprit dans un balbutiement.

—   Entendre… t'aurais dû entendre ça…

—   C'est bon mon chat, t'inquiète. Pas besoin d'avoir des yeux quand c'est toi qui me racontes de toute façon. Ça devait être énorme !

—   Grave. Après elle boudait dans son coin j'étais mort !

—   Bien fait pour cette bitch.

—   Attention, fais un grand pas.

Je sentis sous mes pieds la fermeté du ponton et m'assis promptement. Sami ne me rejoignit pas tout de suite, il faisait les cent pas derrière moi.

—   Tu fous quoi ? demandais-je.

—   Y'a des canards dans l'eau !

—   On verra ça plus tard, file-moi ta weed.

Sami accourra aussitôt, il plaça un petit sachet et une feuille slim dans le creux de ma main.

—   T'es pas prête Momo. Elle est ouf.

J'ai plongé mon nez dans le sachet, le parfum boisé du cannabis me submergea. Je me mis à l'œuvre en commençant à effriter une des têtes de chanvre.

– Ça va ? demanda Sami que j'entendais ramasser quelques cailloux dans l'herbe environnante.

– Ouais pourquoi ?

– J'sais pas. Tu dis pas grand-chose alors qu'on n'a pas encore commencé à bédave.

– Y'a rien à dire.

Une rafale manqua de faire virevolter la grande feuille à rouler et son contenu. Fort heureusement, j'étais accoutumée à rouler dans des conditions extrêmes, et les yeux fermés bien entendu. Sami vint enfin s'asseoir à mes côtés, il déposa un petit tas de cailloux.

– Cinq cibles à… genre vingt mètres sur ta droite. When you're ready.

Mon briquet alluma le joint, un épais nuage s'échappa de ma bouche. C'était effectivement de la bonne. Goûtue. Le THC ne se fit pas trop attendre pour m'enlacer. Fumer en étant atteinte de cécité n'altérait en rien la défonce, au contraire, le sentiment de planer, de perdre ses repères se voyait décuplé. C'était un peu comme faire un grand huit au ralenti et les yeux clos. Je confiai le pétard à Sami puis attrapai un des cailloux à proximité. À en juger par le petit « plouf » qui succéda

27

à mon lancer et le rire idiot de mon pote, il échoua dans le canal, loin des cibles.

— Pas mal, pas mal. Non c'était naze. Deux points, pouffa-t-il. Réajustement demandé : sept mètres à droite en profondeur. Fais gaffe, ils commencent à se barrer.

C'était notre jeu préféré ; je devais viser les canards avec des cailloux à l'aveuglette et Sami me guidait. Jusqu'ici, je les ratais à tous les coups alors que je convoitais le score maximal de cent points. Cent c'était un canard touché du premier coup, le score parfait. J'aimais beaucoup les animaux et j'avais suffisamment de lucidité pour savoir qu'avec moi, ils ne couraient aucun danger.

Un second caillou vint de nouveau s'échouer dans le canal.

— Tout juste vingt. Laisse béton, ils sont trop loin maintenant.

Mon meilleur pote ricana en soufflant nonchalamment sa fumée puis il me mit le joint dans la bouche. Nous sommes restés silencieux un moment. Mon esprit vaquait d'une pensée à l'autre sans parvenir à s'accrocher. Petit à petit, je m'allongeai le long du ponton tandis que le vent nous malmenait doucement.

On est bien...

Le klaxon d'un camion grogna à ce qui me semblait être à une année-lumière de là où j'étais. Je me sentais à la fois détendue et vulnérable, c'était grisant. Le cliquetis d'un vélo longea le canal. Puis la voix de Sami m'extirpa de mes errements.

–   On va voir Al après ?

–   Oui, ça serait bien.

–   Tu penses qu'on n'a pas été assez là pour elle ? ajouta-t-il après un bref silence.

À l'évidence, Sami vivait le trip moins bien que moi et des pensées sombres semblaient avoir embrumé sa tête. J'essayai de garder un léger détachement.

–   Je pense qu'elle savait qu'on l'aimait beaucoup.

–   Alors pourquoi elle a fait ça ?

–   J'en sais rien mon chat.

–   Quand tu l'as vue, elle t'a vraiment rien dit ?

–   On en a déjà parlé… elle avait les yeux fermés, comme moi maintenant, elle était pas cohérente. Et puis après, tout est devenu noir autour de moi.

–   Ça me rend ouf cette histoire. En tout cas, je te trouve super courageuse.

–   Pourquoi ?

–   Bah je sais à quel point tu tenais à elle et… t'as remonté la pente quoi.

– Mh.

Un de mes derniers souvenirs visuels ressurgit. Le visage gracieux et oblong d'Alix était devenu blanchâtre, comme ponctionné de toute sa vitalité. Ma meilleure amie avait déjà un pied dans la tombe et je n'avais su le mesurer. Si Sami l'avait vue à ma place ce jour-là, peut-être aurait-il empêché le pire. Elle est allée se réfugier dans mes bras, j'avais beau lui demander ce qui la tourmentait, mais elle n'était plus cohérente. Aussi, j'étais déroutée par ses yeux qui demeuraient indéfiniment clos. Je n'ai pas réussi à déchiffrer les maux de ma meilleure amie au moment où elle avait le plus besoin de moi. Six mois plus tard, l'incompréhension subsistait encore. Elle s'était enfuie après avoir placé son visage à proximité du mien, comme si elle se sentait désespérée que même moi, sa meilleure amie, je ne puisse l'aider. Elle s'est tuée le soir même de notre dernière entrevue.

Les jours qui avaient suivi furent parmi les pires de toute mon existence. J'enchaînais les crises d'angoisse et tentais de m'isoler pour toujours. Après quelque temps, je n'étais plus capable d'ouvrir les yeux non plus, comme si les larmes avaient fini par souder mes paupières. Ces dernières s'étaient définitivement fermées et ma vie n'était plus que ténèbres. Mes parents durent m'arracher de mon lit pour m'emmener à l'hôpital afin de savoir ce qui clochait avec mes yeux.

C'était le début d'une longue errance médicale, mais cela n'avait pas d'importance, plus rien n'avait d'importance. La perte de ma vue donnait aux évènements une tournure complètement irréelle. Je ne voyais plus, donc il était plus aisé de s'abandonner aux tréfonds de la mélancolie. Je n'étais plus qu'une plaie béante, un puits de souffrance. Sami fut le premier à me faire sortir de ma chambre. Mais la dépression dura plusieurs mois et le chagrin, lui, s'était installé en moi une fois pour toutes.

– Eh tu bades pas hein ? demanda Sami.

– Non non…

Lorsque la nuit tomba et qu'il commençait à faire froid, les effets de la weed s'estompèrent et nous trouvâmes la motivation de passer au cimetière. Mes doigts effleurèrent les lettres gravées dans le marbre. *Alix Bazin*. Dire que t'étais là-dessous, pas loin, en train de dormir définitivement.

– Salut Al, fit Sami, toi aussi t'es stone à ce que je vois ? Rapport à la pierre… tombale…

– J'avais capté, t'es vraiment très con, invectivai-je avec un sourire dissimulé.

Je ne voyais pas mon pote, mais je savais qu'il faisait son expression d'ahuri. Je posai ma tête contre son épaule. Une minute s'est écoulée tandis que le chant du vent ne cessait de faire croître son intensité.

– Ça caille un peu, non ?

31

- Ouais, on rentre.
- À la prochaine Alix.
- Bisous Al.

À la maison, ma mère avait beau avoir cramé le diner, l'ambiance demeurait glaciale. Mon frère n'était pas rentré, comme d'habitude. Mon père tentait coûte que coûte de faire la conversation, de rester léger, mais tous les trois, nous étions absents, comme des fantômes autour d'un repas. Je me suis précipitée dans ma chambre après avoir aidé à débarrasser la table pour me libérer de cette atmosphère suffocante.

Le beat du morceau *Hammer* de nothing.nowhere cliquetait à faible volume dans mon antre, mes potes affrontaient un dragon d'argent au cœur du donjon de Külündil et William s'évertuait à me faire un compte-rendu du combat épique qui se déroulait. Je reçus alors une notification de LeoPar77 qui m'avait envoyé un nouveau message sur Discord. « Salut Mona, c'est Léo » me transféra l'assistant vocal de mon ordinateur. Il savait qui j'étais donc, car mon pseudo Anomalisa_Bluvelvet ne dévoilait pas mon nom. Le truc, c'est que je ne connaissais pas de Léo, moi.
- Répondre à LeoPar77 « Salut Léo, on se connaît ? »

– Je suis en terminale B, à Marie Curie.

Le même lycée que moi, ou du moins, celui où je n'allais plus que deux fois par semaine.

– J'ai entendu parler de ton histoire et ça m'a bouleversé…

Qu'est-ce qu'il voulait que je fasse de sa pitié au juste ?

– Je t'ai aperçue les dernières fois où tu es venue. Et aussi… je t'ai trouvé jolie.

Mon estomac se contracta de façon étrange, ce n'était pas les règles. Je bredouillai quelque chose d'inintelligible à mon assistant en réponse puis repris mon souffle pour dicter quelque chose de cohérent.

– Désolée, je peux pas en dire autant.

Un silence tétanisant s'installa. Mon assistant resta muet, aucune notification n'arrivait sur la conversation. Je m'empressai d'adjoindre un nouveau message.

– Vu que je suis aveugle…

« Mdr » répondit-il enfin. Je respirai à nouveau.

– Sinon, j'ai vu que tu jouais à des trucs cools, *Guzomi* et *Edge of Sacrifice* je les ai platinés. J'ai l'impression que t'es sur Discord tous les soirs, tu fais comment pour faire des games maintenant ?

Cette conversation devenait vraiment étrange, le gars me stalkait[1] depuis je ne sais quand et je ne savais guère comment interpréter cette curiosité à mon égard. C'était sûrement un incel[2], un pauvre type, il valait mieux que je reste sur mes gardes. En simultané, mon assistant vocal me rapporta la tempête de messages interrogateurs de mes potes sur le chat du groupe.

- Mona t'es là ?
- Elle fait caca.
- T'es un gamin pikatchou 333.
- On lance un nouveau raid Mona, promis cette fois on va gagner !
- Vous pensez qu'elle a fait un pèlerinage pour prier pour notre future victoire ?
- Lol pourquoi tu dis ça ?
- Parce qu'on n'entend pas souvent Mona s'taire.
- Tg Clovis_Cornflake.
- Tg.
- Lol.
- Tg.

Si mon assistant vocal avait pu s'autodétruire, je pense que cette discussion l'aurait fait passer à l'acte. Au lieu de cela, il tâchait de lire chacun des messages idiots avec sa voix atone. Je mis le chat du groupe en

---

[1] Anglicisme désignant une forme de harcèlement qui consiste à traquer furtivement une personne.

[2] Masculiniste reprochant aux femmes son célibat.

sourdine avant de moi-même devenir folle. Léo devait penser que mon temps de réponse était lié à la gêne que pouvait procurer sa dernière question, ce n'était que partiellement le cas.

– Désolé je voulais pas paraître chelou, ajouta-t-il, j'ai moi-même un bras atrophié, je peux pas jouer à tout c'est pour ça.

Une nouvelle crampe saisit mon ventre.

Oui. C'est lui.

Je voyais à présent qui était ce Léo. À vrai dire, je l'avais trouvé plutôt mignon quand mes yeux m'autorisaient encore à mater. Ce « grand » de terminal avait des cheveux châtains mi-longs soyeux, une pseudo-barbe juvénile assez sexy, une veste en jean et pas mal de babioles hippies autour des poignets qui permettaient notamment de dissimuler une de ses mains. Celle-ci était plus petite que l'autre et partiellement paralysée.

– T'inquiète, répondis-je, en fait je joue pas vraiment, mes amis me décrivent la partie et j'essaie de motiver les troupes !
– Ha ha trop bien ! J'espère ne pas t'avoir interrompue alors !
– Non pas de soucis.

35

Je n'imaginais pas le nombre de messages sur le chat de mes potes en ce moment.

— Bon peut-être à une prochaine au lycée alors.

Lundi prochain… lundi prochain, j'allais au lycée.

— Ouais. Salut !

Ouf. La conversation prenait fin. J'allais pouvoir respirer. Mais je commençais à devenir curieuse d'en savoir plus sur Léo. Non pas parce qu'il était beau… enfin pas seulement. Il n'avait pas demandé à ce qu'on fasse un chat vocal, j'en déduisis qu'il avait coupé court à notre discussion.

Je n'eus pas la tête à retrouver mes amis sur un nouveau raid et me contenta de leur souhaiter une bonne nuit.

Léo.

Une fois dans mon lit, ce n'était pas une énième dispute de mes parents qui me maintenait éveillée. Non, ce soir-là, ils n'échangèrent pas un mot. Je ressassais l'échange singulier que j'avais eu avec Léo.

Léo.

« Je ne peux pas en dire autant », quelle idiote. J'aurais dû dire que je me souvenais finalement de lui et le complimenter à mon tour. Ça ne semblait pas être un tombeur et il avait dû sacrément prendre sur lui pour m'envoyer qu'il me trouvait jolie. Il avait coupé court à la conversation, peut-être qu'il n'oserait plus m'envoyer de message. Il fallait que je réponde quelque chose. En même temps « à une prochaine au lycée », ça ne sonnait pas trop comme s'il allait me reparler sous peu sur Discord. À l'évidence, je l'avais complètement réfréné dans sa lancée. La discussion tourna dans mon esprit encore et encore et mes paupières avaient beau recouvrir mes yeux, le sommeil garda ses distances pendant une bonne partie de la nuit.

Léo.

Quelques jours plus tard, je fis de nouveau une jolie chute dans les escaliers alors que je sortais tout juste de mon lit. Ma mère, qui habituellement ne débordait pas d'attention à mon égard, ne réagit pas du tout cette fois-ci. J'entendis un récipient tinter contre une table non loin d'elle et en déduisis que mon père était encore présent dans la cuisine. J'avais planté une parenthèse bruyante dans ce silence de mort. Papa avala la fin de son café puis il rinça son mug.

    — De toute façon, j'ai jamais douté de ta faculté à tout foutre en l'air, lâcha-t-il enfin douloureusement.

Ces mots coupants ne m'étaient pas destinés. Ils visaient ma mère.

— Je suis à la bourre. Salut ma puce.

Papa s'adressait cette fois à moi. Il avait essayé d'être doux, mais je sentis une souffrance débordante dans sa voix. Il enfila son manteau puis quitta la maison.

Ma mère, figée sur sa chaise, n'avait pas dit un mot depuis mon irruption. Son portable vibra, je l'entendis le saisir puis aussitôt le jeter brutalement sur la table.

— Tu n'as pas cours aujourd'hui.

Mes soupçons s'avéraient fondés, Papa n'avait pas tardé à découvrir les bassesses dans lesquelles ma mère s'était vautrée. Sans dire un mot, je tournai les talons et remontai les escaliers, laissant ainsi ma mère seule avec sa honte. Je poussai la porte de la chambre de mon frère. Il fallait bien que quelqu'un le tire de son lit étant donné qu'il était incapable de programmer un réveil. Le prévenir de la situation délétère pouvait également être judicieux. Ça sentait le fauve en putréfaction et le mauvais shit là-dedans. L'envie de fuir au plus vite de ce terrier d'adolescent négligé me saisit. Après quelques pas seulement, mes pieds avaient déjà heurté une pile de vêtements sales, je me décidai à l'interpeller de loin.

— Raph… réveille-toi.

Les ronflements sourds qui provenaient du fond de la pièce ne s'interrompirent aucunement. Je fis quelques pas supplémentaires. Mon pied se cogna cette fois sa trottinette électrique étalée au milieu de la chambre. Un grognement me fit tressaillir.

– Qu'est-ce que tu fous là ?

Mon frère adoré avait émergé.

– Je te réveille abruti. Et il faut que je te prévienne…

– Casse-toi !

Je reçus ce qui semblait être un chargeur de portable en pleine figure. Cela suffit à me faire abdiquer et quitter cet antre. Raphaël profita de la situation tourmentée pour se rendormir, je suis allée m'isoler dans ma chambre. Vivement ma journée au lycée, déjà qu'avec Gus Fring, les heures paraissaient longues, alors si je n'avais plus rien à faire, le temps allait tout simplement s'arrêter.

Je n'avais pas croisé Léo la semaine dernière, ou du moins, il n'était pas venu me saluer. Silence radio de sa part sur Discord également. Je n'ai évidemment pas osé lui envoyer le moindre « salut » et plus les jours passaient, plus je me le reprochais. Qu'est-ce qu'il m'arrivait ? Une brève conversation avec lui avait suffi à m'obnubiler alors que je n'avais jamais eu de réel attrait pour un garçon auparavant.

Étendue en travers de mon lit depuis des heures, j'écoutais *Smile* de Bladee exorciser de vilaines pensées. Et s'il s'était juste moqué de moi avec ses amis ? Justine et bien d'autres me considéraient comme une « weirdo »[1], moi et ma maladie insolite. Je ne les voyais pas rire de moi, mais je sentais les railleries dans l'air dès que j'arrivais quelque part. Oui, il s'était foutu de moi comme les autres. Peut-être même que lorsqu'il avait chatté avec moi, il se gaussait en même temps avec ses potes. Cette perspective me semblait de plus en plus tangible. Qu'est-ce que je pouvais être naïve... Ces derniers jours, Léo représentait mon seul véritable appui dans un monde qui s'effondrait autour de moi : d'abord ma meilleure amie, puis ma vue, et maintenant c'était ma famille qui courait à sa perte. Bien sûr, il restait toujours Sami, je le savais indéfectible, il était mon ciment. Lui aussi, il devait sûrement s'emmerder en cours et j'avais besoin de partager ma détresse, j'ai donc dicté à mon portable un pavé racontant mes déboires et l'ai envoyé à mon pote.

La porte d'entrée claqua. Ma mère quittait la maison sans un mot, comme si l'on n'existait pas.

---

[1] Anglicisme désignant une personne considérée comme excentrique.

III

– L'inquisition tendait à harmoniser la chrétienté. Un châtiment souvent terrible était réservé aux hérétiques. Savez-vous quel sort attendait les récalcitrants ?

Les talonnettes de Mr Bloch allaient et venaient entre les rangées. Il m'était impossible de piquer une sieste avec cet œil de Sauron qui rôdait.

– On les pendait m'sieur.

– Exactement Guillaume. On les pendait.

– … Comme les sorcières !

Un rire moqueur parcourut la classe.

– Ne riez pas. Pendant l'inquisition, de nombreuses prétendues sorcières furent pendues ou lynchées. Elles œuvraient pour Satan aux yeux de la justice chrétienne. En réalité, ces pauvres femmes vivaient souvent seules, ce qui était mal perçu à l'époque. Il pouvait s'agir autant de personnalités rebelles que d'érudites. Vous avez certainement entendu parler de la nuit du massacre de Cerifault de 1522. Plusieurs dizaines de prétendues sorcières furent brûlées vives. À ce jour, aucune trace écrite ne relate dans les détails les raisons d'un tel massacre. On dit que la folie avait atteint tous les hommes du village et qu'ils s'en prenaient à leurs propres femmes. On dit également que ces femmes représentaient un grand danger, car elles parvenaient à contrôler les esprits masculins d'un regard pour les asservir. Les plus chanceuses d'entre elles s'en sont sorties avec les yeux crevés.

Cette fois, un silence glacial s'abattit sur les élèves.

– Mais ne vous attardez pas trop sur ces légendes locales et surtout, faites-moi plaisir, ne gobez pas tout ce que Google vous met sous le nez à ce sujet. Il y a quelques bons livres qui abordent cette période. Si cela vous intéresse, venez me le dire et je vous retrouverais les titres.

Exceptionnellement, j'étais revenue en cours un mercredi. Yvan étant écarté du domicile familial, j'avais insisté auprès de mes parents pour occuper mes journées le temps de trouver un remplaçant. Ils n'émirent aucune opposition. Il faut dire qu'ils n'émettaient plus grand-chose. J'en étais là ; à préférer les cours plutôt que de rester chez moi.

La sonnerie annonçait la fin du cours et tous les élèves commençaient à quitter la classe. J'ai déplié ma canne et tâtonné en direction de la sortie. Alors que je gagnais tout juste le couloir tumultueux du lycée, Sami me retint par la poignée de mon sac à dos.

- Momo ! T'as vu pour l'anniv de Nawel samedi ?
- Non, elle m'en a pas parlé.
- Ah oui… c'est parce que l'invit est sur Snapchat.
- Ok, mais il y aura qui ?
- Je crois qu'elle a mis la moitié du lycée sur l'event, c'est pour ça qu'on est invités d'ailleurs.
- D'ac, bah ça me branche pas trop.
- Si on est tous les deux, ça peut être marrant non ?
- Euh ouais ouais… des barres de rire…
- Va te faire foutre.

Alors que les invectives qu'on se lançait avec Sami se conclurent sur des rires complices, un chuchotement vint à ma rencontre et répandit en moi un frissonnement.

- Va te faire soigner au lieu de venir ici nous contaminer, sale sorcière.

Des ricanements naquirent autour de l'élève qui m'avait interpellée. J'avais reconnu la voix d'Antoine ; un gars de ma classe. Je le savais moyennement malin, mais il avait redoublé d'efforts pour se montrer des plus stupides. J'aurais aimé lui sortir quelque chose de cet acabit, mais ce n'est pas ce qui me vint…

- À qui tu parles là ? ai-je répondu.
- Bah ouvre les yeux ! Je te parle à toi.

Les gloussements s'intensifièrent.

- T'es sérieux Antoine ? intervint Sami d'une voix malencontreusement fluette.
- « T'es sérieux Antoine ? », singea l'écervelé, retourne bouffer tes kebabs toi.
- Tu dis ça parce que je suis gros ou parce que je suis reubeu ?

Antoine fut déstabilisé un bref instant puis il éclata de rire.

- T'es trop marrant putain. Allez, casse-toi avec ta sorcière bien-aimée là.

Sami s'éloigna de moi puis j'entendis une doudoune se faire vivement agripper. Avant que je ne réalise ce qu'il se passait, quelques gémissements retentirent et quelqu'un heurta brutalement le sol. Les coups se mirent à pleuvoir sur lui sans cesse. Vu le nombre d'assaillants, à l'évidence, c'était Sami qui trinquait et tout ce que je pouvais faire, c'était chercher à tâtons où se trouvaient les ravisseurs pour tenter de les arrêter.

Un coup sec résonna et l'agitation fut aussitôt interrompue. Quelques secondes suffirent pour qu'Antoine et ses camarades déguerpissent. Une main se posa sur mon épaule et me fit tressaillir. Il ne m'en aurait pas fallu beaucoup plus pour tomber dans les pommes, mes jambes chancelaient indépendamment de ma volonté.

– Ça va Mona ?

Cette voix m'était inconnue, mais elle parvint à me réconforter. Le jeune homme aida Sami à se relever.

– Merci, balbutia-t-il, la mâchoire ankylosée.

– Qu'est-ce qu'il s'est passé ? fit la voix dans ma direction, j'ai juste vu qu'ils s'en prenaient à vous.

– J'ai pas compris, il s'est moqué de moi et je crois que Sami a essayé de me défendre.

– Quelle bande d'abrutis ! Hésitez pas si vous avez besoin d'un coup de main.

– Merci.

– On se parle bientôt sur Discord ?

J'entendis Léo s'éloigner sans attendre de réponse de ma part, il faut dire que je n'étais pas des plus réactives. J'ai enlacé Sami qui se montrait beaucoup moins volubile qu'à l'accoutumée. La douleur ou la honte l'avaient renfermé sur lui-même, mais il ne tarda pas à retrouver sa voix railleuse.

– Sympa ton boyfriend.

Posés au bord du canal en fin d'après-midi avec Sami, on s'était octroyé un petit mélange Poliakov-Coca. Je trouvais ça terriblement écœurant, mais ça avait l'avantage de me tenir chaud et d'éloigner la crainte qu'Antoine et ses potes nous retrouvent pour me mettre sur le bûcher. L'enfer, c'est d'être parano en plus d'être aveugle. Je les imaginais arriver au loin derrière Sami et nous brutaliser sans longs discours. Mon portable jouait *DejaVu* de BONES, on était à la moitié de notre concoction, je commençais à avoir des vertiges grisants tout en restant assise et je riais bêtement.

— Mauve c'est dégueulasse, violet ça peut passer... Mais c'est rare.

— C'est la même chose bouffonne, s'esclaffait Sami, bon ok t'aimes pas les couleurs, on va rester sur du noir hein. Ton noir, tu l'aimes foncé ou sombre ?

— Arrête de te foutre de moi, t'es chiant.

On tentait avec peine de compléter une commande de fringues en ligne sur le smartphone de Sami. Habituellement, mon meilleur ami représentait le seul être en qui j'avais confiance pour me trouver des vêtements, c'était moins vrai lorsqu'il avait un gramme d'alcool dans le sang.

— Et admettons qu'on aille à la soirée de Nawel, tu as vu des robes cools ?

Sami ne répondit pas. Je savais qu'il me fixait de son air goguenard.

- Tiens c'est marrant, t'étais vachement moins motivée tout à l'heure ! Est-ce que LeoPar77 va venir à la soirée ?
- Ha ha c'est la question que je me pose.
- Je vais te trouver un truc ultra sexy pour que tu slay[1], il n'aura pas le choix, il va te sauter dessus.
- Oublie ce que je viens de dire.
- Hey, vous faites quoi ?

Une nouvelle voix sortit de nulle part, la musique et mon niveau de défonce m'avaient empêché de l'entendre arriver. L'heure de la vendetta ne sonnait pas encore, il s'agissait de Léo.

- Tiens, voilà le justicier de Cerifault-city ! s'exclama Sami d'un air badin. Moi c'est Sami au fait !
- Salut Sami, je vous dérange pas ?
- Pas du tout, dis-je timidement.
- Tu veux de la potion magique ?

Sami tendit la bouteille de Coca dans laquelle il avait fait le mélange, Léo refusa poliment.

---

[1] Expression anglophone utilisée lorsque quelqu'un attire fortement l'attention.

– Ta joue te fait pas mal Sami ? s'enquit Léo, elle m'a l'air bien enflée.

– Ah bon ? Non ça c'est parce qu'on m'a resserré mes bagues hier. En vrai, si t'étais pas arrivé, je pense que j'aurais retourné la situation au bout d'un moment. J'attendais qu'ils se fatiguent…

La doudoune de Sami s'agitait, il devait mimer sa contre-attaque. Je tentais de dissimuler un sourire en coin, ça ne m'aurait pas étonnée que Léo l'ait aussi.

– J'ai de la chance de vous avoir, tous les deux, dis-je.

À l'odeur qui effleura mes narines, Léo venait d'allumer un joint.

– Ça sent bon ça, c'est quoi ?

– De l'olive.

– Moi j'ai déjà ma dose les enfants, fit Sami en s'étirant, je vous abandonne. Léo ça t'embête pas de ramener Mona ? Elle est à cinq minutes d'ici.

– Non du tout.

– T'es sûr que tu veux pas rester Sami ? m'enquis-je.

Je n'avais aucune envie d'être seule avec Léo alors que le froid et l'alcool m'empêchaient d'aligner deux mots correctement. Sami nous salua. Nous sommes restés interdits quelques secondes avec Léo, je tirais sur son joint comme sur une cigarette pour ne pas avoir à faire la conversation.

– Ça me fait plaisir de te parler « IRL »[1], dit enfin Léo.

Moi aussi. Dommage que je puisse pas te voir. Mais je t'avais remarqué avant d'être aveugle.

– Faut dire que je passe pas inaperçu avec ma main cheloue[2], plaisanta-t-il.

– Je ne parlais pas de ta main.

Il semblait aussi gêné que moi de la situation et quelque part, cela me rassurait.

– Si tu as des questions par rapport à mes yeux flingués, te prive pas. Je sais que tout le monde se demande ce que j'ai.

– J'ai cru comprendre que ça t'est arrivé du jour au lendemain, que tu n'arrives pas à ouvrir les yeux. Tu en sais plus ?

– Eh bien non.

– Alors c'est réglé, inféra Léo. Je viens de te faire un clin d'œil là.

Nous rîmes sottement. Un nouveau silence s'installa, mais celui-ci n'avait rien de désagréable. J'étais cependant vraiment trop défoncée.

– Je veux pas rentrer chez moi…

---

[1] Abréviation de l'anglais In Real Life, « dans la vie réelle ».
[2] Argot : « louche » en verlan, très étrange.

- Pourquoi ?
- C'est le bordel. Mon père s'est barré depuis plusieurs jours. Ma mère est en PLS[1].
- Il s'est passé quoi ?
- Ce qui arrive à tous les couples de leur âge… ils peuvent plus se saquer.

J'essayais de paraitre forte en balançant cette phrase teintée d'indifférence, mais je sentis mes paupières se gonfler. Un gros sanglot m'échappa alors. Pitoyable.

Laisse les larmes courir hors de tes yeux scellés.

La main de Léo caressa mon dos, puis il m'enlaça de son bras. Son front se posa contre mes cheveux. Mon corps était tétanisé comme celui d'une momie, je n'avais pas eu une telle proximité avec quelqu'un depuis très longtemps. Une nouvelle grosse gorgée de Poliakov enflamma mon œsophage. Léo me dit qu'il voulait finalement en boire aussi, mais lorsque je lui tendis la bouteille, mon ouïe perçut le déversement du fond de la boisson dans l'herbe.

- Je vais te raccompagner.
- Ok.

---

[1] Sigle de Position Latérale de Sécurité. Utilisé pour signifier qu'une personne se sent très mal.

Une fois que nous sommes arrivés devant ma maison, Léo ne m'a pas embrassée. La gravité terrestre se montrait terriblement instable et je m'étais cramponnée à lui tout au long du trajet du retour. Une désagréable sensation me lorgnait de l'intérieur ; celle d'être passée à côté d'un instant important. Je ne me rappelais même plus l'avoir remercié de m'avoir raccompagnée et voilà que je me trouvais dans mon salon, ma bouche était aride comme un désert, mon trousseau de clés s'était échappé de mes mains en heurtant bruyamment le sol une, puis deux fois, car j'avais galéré à ouvrir ma porte. C'était calme et pourtant, quelqu'un était dans la pièce. Un verre tinta contre une table. Apparemment, Papa demeurait absent et ma mère jouait la célibataire désemparée.

– Où étais-tu Mona ?

– Ça t'intéresse ?

Cette réponse sortit de ma bouche aussi vite qu'une langue de vipère. Je marchai mine de rien vers les escaliers. Dans d'autres circonstances, ma mère n'aurait jamais laissé passer ce genre d'affront, mais elle s'emmura dans le silence. Cela provoqua en moi un bouleversement, je fis demi-tour et allai la serrer fort contre moi. Je m'attendais à ce qu'elle relève à quel point je sentais l'alcool et le tabac, mais il n'en fut rien. Maman prit mon visage entre ses deux mains et me tint toute proche d'elle, comme pour mieux me regarder. Je n'avais pas le souvenir d'un geste aussi affectueux de sa part.

À cet instant, je sentis mes paupières se soulever.

Un flash blanc. Le silence. Le canapé vide. La maigre lumière sur le buffet. Le salon. Ils émergeaient sous mes yeux.

L'unique petite lampe étincelait tel le soleil. L'espace d'une seconde, je ressentis comme des épines qui pénétraient ma rétine. Je battis frénétiquement des paupières, puis mes yeux s'adaptèrent.

Je voyais à nouveau !

L'euphorie ne prit pas le dessus pour autant ; ma mère avait disparu et la sensation de ses mains contre ma peau s'était évanouie. Je me mis sur mes deux jambes et constatai que les effets de la défonce et de l'alcool s'étaient dissipés, eux aussi. Les couleurs m'apparaissaient à présent ternes et changeantes, mon regard tentait de s'adapter après ces longs mois dans le noir. Un coup sourd vibra au premier étage.

– Maman ?

Je saisis la rampe de l'escalier et m'engageai avec appréhension en direction du bruit, une marche après l'autre. Un nouveau son retentit, une sorte de râle qui se muait en rire. Il ne s'agissait pas de ma mère mais d'un homme. Je demeurai figée, au milieu de l'escalier. En un battement de cil, le monde avait repris forme, mais il ne ressemblait pas tout à fait à celui de mes souvenirs, et voilà qu'un inconnu squattait le premier étage. Je parvins à rassembler ce qui me restait de courage pour finalement poursuivre mon ascension. Les rires provenaient de la chambre de mes parents, au fond du couloir. Alors, un nouveau choc sourd retentit et me fit tressaillir. Craintive comme un faon, j'effleurai la poignée au moment où les bruits s'étaient tus, puis je poussai la porte, l'horreur m'envahit. Un homme nu, quarantenaire, était allongé lascivement dans le lit de mes parents. Il me souriait et me glaçait de ses yeux bleu clair. Sous une touffe hirsute, je voyais son sexe pendant. Il caressait sa cuisse de sa main.

–   Qu'est-ce que t'attends ? Viens !

Je refermai la porte dans un fracas pour que s'achève cette vision cauchemardesque, mais le mal était fait, jamais la scène ne se décorrélerait de ma rétine ! La cécité me manquait déjà. Et cette voix… c'était Yvan, alias « Gus Fring », mon prof particulier et l'amant de ma mère. Il s'était offert à moi dans le plus simple appareil. Accessoirement, il s'avère qu'il n'avait finalement aucune ressemblance physique avec l'acteur de la série. La férocité de mon claquage de porte fut telle que la poignée me resta dans la main. La porte s'effaça alors dans le mur comme de la craie sur une ardoise.

– Maman !

Je repris le couloir en sens inverse puis dévalai les escaliers. C'est comme si mes nombreuses chutes sur ces marches m'avaient préparée à ce moment ; j'avais atteint le rez-de-chaussée en un éclair avec la précision d'une ballerine. Lorsque j'ouvris la porte d'entrée de la maison dans le but de fuir le plus loin possible, la poignée de celle de la chambre que je serrais s'échappa de mes mains puis tomba le long des petites marches qui menaient d'ordinaire vers l'allée de la maison. Elle rebondit contre ces marches et plongea dans un vide sans fond. Un frisson me saisit, il n'y avait pas d'extérieur, seule une nuit abyssale entourait mon habitat. Je fis un pas en arrière en laissant la porte ouverte et, du coin de l'œil, je perçus le miroir de l'entrée et fus dévorée par la curiosité de me voir à nouveau. Cependant, à travers le reflet, il n'y avait que l'entrée, vide, je n'apparaissais pas, comme si je n'existais pas réellement dans ce décor contrefait. Rien n'avait de cohérence lorsque je m'attardais sur les détails de ce lieu. Dans le miroir, je pus remarquer une présence qui s'animait un peu plus loin, vers le salon.

Je fis volte-face et allai en direction du mouvement. Rien au début. Puis une ombre jaillit de sa cachette, derrière le buffet. Je crus reconnaître cette silhouette longiligne.

– Papa ?

L'ombre glissa le long du canapé, puis se dirigea vers le mur en briques du salon. Elle était trouble et fuyante, mais il s'agissait bel et bien de mon père. Je bondis alors dans sa direction, elle semblait prendre la fuite et se dirigeait vers la cuisine. Je parvins à éviter une chute de justesse lorsqu'un de mes pieds se heurta à une chaise. L'ombre tentait d'ouvrir la fenêtre de la cuisine comme si elle souhaitait rejoindre les ténèbres environnantes. La poignée cliqueta et à cet instant, je saisis la main libre de la silhouette. Toute ombre qu'elle était, elle n'avait ni volume ni texture et pourtant, elle semblait ne plus pouvoir s'échapper. Après quelques minces secondes, elle se dissipa dans l'air. Aussitôt, de grosses boîtes en carton émergèrent tout autour de moi comme si elles venaient d'achever une brève chute, les unes après les autres. « Cuisine », « Salle de bain », « Livres » … chacune des boîtes était baptisée au marqueur indélébile. Un sifflotement synthétique parvint à mes oreilles, je reconnus la mélodie candide de *Close To Me* de The Cure et m'approchai d'elle. Les murs reflétaient une lumière printanière orangée qui semblait provenir de l'extérieur et pourtant, les fenêtres ne donnaient toujours que sur cette obscurité irréelle.

En retournant au salon, je constatai que seule la petite chaîne hi-fi à même le sol qui jouait le morceau occupait l'espace, le reste de la maison était désormais complètement vide. Je vis mon père et ma mère qui déballaient de gros cartons au milieu de la pièce. Assis en tailleur, mon père avait quinze ans de moins, un sweatshirt Fila beaucoup trop grand pour lui et encore toute sa chevelure. Ma mère se tenait à ses côtés, ils fouillaient dans un carton.

— Papa, maman ? Ohé ?

J'étais comme un fantôme. Mon père sortit l'abat-jour d'une lampe et le mit sur sa tête comme un chapeau, l'air de rien. Ma mère riait, j'avais oublié ce rire.

Quelque chose me frôla. Un enfant de cinq ans que je ne reconnus pas au premier abord.

- Tu as vu tout le territoire Raphaël ? s'enquit maman.
- Non, c'est trop grand ! fit mon frère.
- T'inquiète mon poulet, ajouta mon père avec son chapeau improvisé, on va explorer ça, il y a sûrement des trésors !

Il s'avérait mignon mon frère, quand il n'était qu'un petit bout. Un sourire illuminait son visage, ses yeux pétillaient… Toute cette gaîté semblait s'être évaporée depuis, dans sa fumée de weed. Cette luminosité chaude, ces sourires gracieux, ces instants révolus qui s'offraient à moi… il n'y avait rien de sensé là-dedans. Quelle

56

pouvait être la nature de ce qui se déroulait sous mes yeux ? S'agissait-il véritablement de souvenirs ou de la perception de souvenirs, une fois que la nostalgie avait fait son œuvre ? Une seule chose demeurait certaine : je n'étais plus dans le présent.

Après quelques minutes d'hébétude, je commençais à fouiller les cartons de déménagement qui m'entouraient afin de vérifier si l'interaction avec mon environnement était possible. Un d'entre eux contenait des cadres avec des photos de mes parents, en globe-trotters ou dans diverses soirées. Qu'ils étaient jeunes et beaux ! Dans notre maison telle qu'elle était actuellement, ces photographies avaient peu à peu quitté nos murs au profit d'images génériques de paysages comme celles qu'on trouve dans n'importe quel IKEA. Je les mettais à nouveau ici et là ; sur les quelques tables nues, le rebord de la cheminée… le salon fut bientôt constellé de clichés de mes parents. J'avais placé avec soin le dernier cadre photo sur le rebord de la fenêtre qui donnait sur le jardin, je me suis alors retournée vers eux. Un frisson me saisit, ils avaient quitté la pièce. La luminosité changea drastiquement. En une seconde, l'atmosphère était devenue blafarde. J'entrevis ma mère dans la cuisine et en pénétrant dans la pièce, je constatai son énorme ventre. Ses cheveux épousaient à présent la forme de ses épaules.

– Mange Raphaël ou je vais me fâcher.

Trônant sur sa chaise haute, Raphaël se mit à faire du djembé dans son assiette tout en hurlant, une certaine idée de la musique d'accueil lorsqu'on arrive en enfer. La purée de brocolis éclaboussa ma mère et le décor.

> – Ok tu l'auras voulu, je t'abandonne ici et je ne reviendrais que quand tu auras terminé, pas avant !

Ma mère quitta la cuisine alors que Raphaël braillait d'autant plus. Mon frère était rouge écarlate, le visage entièrement crispé. Quel acteur. Je fis quelques pas vers lui, même si je comprenais que ma mère veuille instinctivement fuir cet être possédé. Je saisis la cuillère pour la tremper dans la purée verdâtre. Mon frère continuait de s'agiter, il ne semblait pas remarquer ma présence. Mais alors que je l'approchais de son visage en la faisant tournoyer comme un avion de voltige, Raphaël fut captivé par la nourriture qui avançait vers lui. Il ouvrit alors la bouche et avala le brocoli docilement. J'ai répété l'expérience jusqu'à ce que la petite assiette soit vide. Ma mère passa la tête dans la cuisine, interloquée et embrassa Raphaël sur le front. Elle ne me voyait pas non plus.

La porte d'entrée claqua, puis il n'y eut plus un son. En quittant la cuisine, je vis mon père qui enlevait ses chaussures, il semblait exténué. Il prit quelques secondes pour se ressaisir puis attrapa un des foulards à motifs sur le porte-manteau. Après l'avoir noué autour de sa tête, il s'observa dans le miroir avec un sérieux à toute épreuve.

Ma mère le scrutait depuis la cuisine avec amusement. Le dos voûté comme une personne âgée, papa s'approcha d'elle et plaça ses mains sur son imposante bedaine.

> – Je vois… je vois… marmonnait-il d'une voix fluette et enraillée, je vois un beau petit blond. Un surdoué, comme son géniteur.

Les astres ne s'étaient visiblement pas alignés aux piètres prémonitions de mon père. Si sa carrière de médium s'arrêta à cet instant, papa n'a jamais abandonné ce plaisir infantile du déguisement ainsi que son humour ravageur. Ma mère l'observait d'un air consterné et attendri.

Puis des rires enfantins retentirent dans le salon. Je me dirigeai vers eux, un gamin manqua de me rentrer dedans, il courait à toute allure dans la pièce, déguisé en Spiderman. Je me remémorai ce costume et les souvenirs qui allaient avec. Mon frère avait à présent six ans et se prenait pour le tisseur masqué en grimpant sur les canapés qui, à ses yeux, devenaient des gratte-ciels. Derrière lui, une petite aux pas encore hasardeux le suivait tant bien que mal, un masque de Zorro devant les yeux.

> – Suis-moi Batman ! fis mon frère avec entrain, on va dégommer le Joker !

Une version minuscule — et adorable — de moi-même déambulait dans le salon et riait aux éclats. La lumière puissante de l'été irradiait alors la pièce et illuminait mes petites joues rondes. Mon frère attrapa mon bras pour me hisser sur le fauteuil.

– Raphaël, attention avec ta sœur, dit maman.

Sur le large canapé, ma mère se recroquevillait contre mon père devant notre ancienne télé qui diffusait une émission de cuisine, mais leur attention était portée sur nous. Ils échangèrent un sourire satisfait en voyant Raphaël me placer une caisse de jouets à côté du fauteuil pour que je puisse le gravir. Je nous regardais avec l'étrange nostalgie d'une époque dont je n'avais plus de souvenirs. En ce temps-là, l'air austère de ma mère était encore enfoui derrière un sourire radieux.

– Va faire un gros bisou à maman.

Voilà ce que j'ai susurré à l'oreille de mon « petit-moi », ignorant si je pouvais être entendue. La Mona de trois ans ne se tourna pas vers ma voix, elle ne semblait pas non plus l'avoir perçue. Pourtant, après quelques secondes, elle descendit maladroitement du canapé et déambula en direction de ma mère. Celle-ci la posa sur ses genoux. Mon petit-moi fit basculer sa tête en arrière et embrassa maman qui fut émue par cette attention.

La porte d'entrée émit un cliquetis puis s'ouvrit. Dans la pièce, seule ma mère regarda en direction du bruit. Les lumières se dérobèrent en un instant, comme si le plus épais des nuages avait recouvert notre maison. La porte d'entrée était à présent ouverte, je fis quelques pas hasardeux dans sa direction, pour voir ce qui se tramait. Le sol s'affaissa alors et me fit perdre l'équilibre, je me vis tomber dans le vide hors de la maison et plonger dans un liquide invisible. Le temps d'un vertige, je me retrouvai à quatre pattes et pouvais sentir le carrelage sous mes paumes. La chute s'était brutalement interrompue, comme lorsqu'on a l'impression de tomber au moment de s'endormir et qu'on réalise que l'on est toujours immobile et allongé. À l'odeur de la pièce, je constatai être de retour dans le salon. Des mains m'attrapèrent doucement le visage.

– Ma chérie, ça va ? s'enquit la voix de ma mère.

Cela faisait plusieurs mois qu'elle ne m'avait pas appelé ainsi.

– J'ai perdu la vue.

Certainement déstabilisée par cette évidence, ma mère ne sut que m'embrasser le front pour me rassurer. Ce qu'il venait de se passer ressemblait déjà à un rêve. Était-il possible que Léo m'ait droguée ? Une chose demeurait indéniable ; mes paupières avaient de nouveau obstrué ma vision, je tentais de les relever, en vain.

– Qu'est-ce qu'il se passe ?

Cette autre voix provenant de l'entrée de la maison me fit l'effet d'un électrochoc. Papa était revenu. C'était lui que j'avais entendu arriver depuis le monde parallèle.

—   Je ne sais pas, on s'est fait un câlin, puis elle a fait comme un malaise, je crois qu'elle a bu… répondit maman avant de se tourner vers moi, je vais te chercher du sucre.

—   Non, t'inquiète pas, ça va !

Je me suis levée d'un bond. Je ne voulais en aucun cas rester au milieu de cette dispute imminente. J'ai alors déserté le salon et me suis réfugiée dans ma chambre. Une dizaine de minutes s'écoulèrent. Mon oreille faisait corps avec la porte de ma chambre. Rien, si ce n'est quelques murmures inintelligibles.

Je tremblotais d'adrénaline. J'avais parcouru les souvenirs de ma mère, j'ai pu les sentir, les toucher et les voir. Que s'était-il passé ?

Un râle retentit soudain. Mon père s'en prenait-il à ma mère, ou bien était-ce l'inverse ? Les onomatopées qui suivirent me confirmèrent qu'il n'y avait rien de cet acabit. Ma mère était en train de jouir dans le salon. J'aurais dû être ravie de la tournure des évènements, mais la nausée revint à la charge. Le temps que je me couche et que je place ma petite poubelle à vomi à côté de moi, les ébats ne cessaient de monter en intensité. Je ne comprenais plus rien à cette soirée, aux adultes et à l'immanence de mon être.

Je me mis *Yeah duh* de Convolk dans les oreilles pour couvrir les heureuses retrouvailles de mes parents et m'évader vers un sommeil profond.

Medusa.

IV

Comme si l'étrange hallucination que j'avais eue la veille m'avait rappelé des détails visuels de la maison, je n'étais pas tombée dans les escaliers le lendemain. Il faut dire que depuis ma cécité, j'avais souvent fait des rêves ou je retrouvais la vue, mais aucun n'avait cette précision, cette véracité. Assis à table, papa et maman me saluèrent, l'atmosphère semblait détendue, mon père vint me faire un gros bisou sur le front.

– Tu veux des toasts ?

– Ouais s'il te plaît, dis-je machinalement.

Mon père s'empressa d'activer le grille-pain.

– Tu te sens mieux depuis hier soir ? interrogea ma mère.

– Un peu, oui…

Je n'osais pas demander ce qu'il en était entre eux deux au vu du boucan qu'ils avaient fait lors de leurs retrouvailles, mais les choses s'étaient arrangées, comme par magie. Le sexe avait-il le pouvoir d'amoindrir à ce point les conflits ? Les adultes étaient-ils si primaires ? C'était facile à croire, mais j'en doutais ; la relation entre mes parents, qui s'était délitée lentement au fil des années, semblait plus complexe que cela. Mon père engloutit la fin de son café, me tira la joue affectueusement et embrassa ma mère.

    – À ce soir mes chéries.

La porte d'entrée claqua. Nous restâmes silencieuses un instant, ma mère et moi.

    – J'ai été stupide, lança-t-elle sèchement, je suis désolée. J'ai failli tout gâcher.

Elle me prit la main. J'ai aussitôt senti des sanglots nouer ma gorge.

    – Qu'est-ce qu'il s'est passé hier ?

    – On s'est… réconciliés. J'ignore pourquoi, après notre câlin, j'ai eu très peur… peur de vous perdre, peur d'avoir fait la plus grosse erreur de toute ma vie. Je vous ai mis de côté dernièrement, je suis vraiment désolée.

Ma mère serra ma main plus fort. Je ne parvenais pas à répondre quoi que ce soit. En tout cas, elle ne semblait pas se rappeler ce qu'il s'était passé lors de notre étreinte, ou alors j'avais bel et bien halluciné.

    – Papa ne t'en veut pas ? balbutiai-je enfin.

    – Bien sûr qu'il m'en veut, mais il m'a dit qu'il n'arrivait pas à me détester. Tu le connais. C'est surtout moi qui vais avoir du mal à me pardonner.

Les confidences, ce n'était pas vraiment le point fort de ma mère, la remise en question, encore moins, l'instant était donc précieux. Elle relâcha ma main subitement, comme si elle craignait de trop s'être épanchée.

    – Bon. Je vais réveiller ton frère.

Sami m'avait envoyé un message à la dernière minute pour me prévenir qu'il ne serait pas en cours ce jour-là, il devait s'occuper de sa mère malade. Il ne pouvait pas m'accompagner, du coup, j'étais restée chez moi à cuver. En l'absence d'Yvan, je pouvais au moins m'octroyer ce genre de journée calme. J'écoutais des podcasts sur les sorties de jeux-vidéo auxquels je ne jouerais probablement jamais, certains d'entre eux semblaient prodigieux et je me faisais du mal, clairement. En fin d'après-midi, j'étais parvenue à me déplacer sans l'aide de Sami, munie de ma canne pour aller m'allonger sur le ponton du canal. Dans mes oreilles, *Angels* des XX accompagnait ma cigarette roulée. Être seule me procurait depuis toujours une angoisse irrationnelle, privée de vue, ce sentiment était décuplé, mais une voix familière m'extirpa de mes pensées.

C'est celle que tu veux entendre.

– C'est pas bien de sécher les cours, madame.

Léo s'assit à mes côtés. Il avait décidément un don pour les effets de surprise. Fallait-il que je l'embrasse ou devais-je plutôt le laisser venir à moi ? Je n'en avais pas la moindre idée. Je n'étais pas certaine de vouloir qu'il tente quoi que ce soit.

– Sami n'est pas là ?

– Non.

– Tu es venue toute seule jusqu'ici ?

– Je connais le chemin par cœur. Parfois, certaines personnes m'aident sur le trajet.

– C'est cool.

– Oui, attiser la pitié des autres c'est sacrément cool.

– C'est pas ce que je…

– Je t'embête, badinais-je, ça va toi ? T'as pas cours non plus ou tu sèches ?

– J'avais besoin de bouger un peu, je t'avoue. Entre les cours relous et mon père qui va de plus en plus mal…

– Qu'est-ce qu'il a ?

– Il est dans une phase dépressive… mais franchement si on peut éviter de parler de ça, ça me va très bien.

Embrasse-le.

67

Je m'étonnai moi-même à vouloir briser l'inconfort du silence en prenant les devants. Je parcourus son visage de ma main et commençai à déchiffrer ses contours fins, ses pommettes saillantes, le duvet sur ses joues piqua légèrement mes doigts. J'imaginais ses yeux qui me dévoraient de désir. Il posa sa main contre mon flanc droit et m'attira vers lui. Nos visages étaient maintenant à quelques centimètres l'un de l'autre et une douce chaleur effleurait mon estomac. Il tardait à m'embrasser, cela m'excitait. Une odeur fleurie émanait de sa peau et sous ses vêtements, son déodorant musqué me parvenait au gré de ses gestes. Alors que nos lèvres allaient enfin se rencontrer, mes yeux s'ouvrirent et plongèrent dans les siens.

J'étais à présent seule sur le ponton, de l'eau noire m'entourait. Il n'y avait pas d'horizon, les ténèbres semblaient avoir tout avalé. La terre ferme fut également effacée du décor. Je voyais de nouveau.

–   Ça recommence… murmurais-je.

Ma voix résonnait de manière irréelle. Je me mis debout et parcourus du regard les environs.

Il n'y avait pas que de l'eau ici ; une immense maison se dressait derrière moi. Faiblement éclairée par les seuls scintillements du canal, sa façade m'apparaissait hostile et dévitalisée.

Je reconnus une maison de Cerifault qui existait bel et bien. Elle figurait parmi les plus belles de la ville et elle était sans conteste la plus grande. Son architecture reflétait le parfait mariage de modernité épurée et de l'âme des vieilles maisons traditionnelles. L'eau qui s'étendait autour du ponton et de la maison s'effaçait dans le néant.

Après quelques secondes suspendues dans ce silence que seul le clapotis de l'eau venait troubler, je me décidai à frapper à la porte de la demeure. Rien. Ma main se dirigea vers la poignée. Avant que je ne puisse la toucher, un flash m'aveugla… littéralement.

La bouche de Léo avait pris mes lèvres au piège, ce n'était pas désagréable. Mes paupières avaient, en revanche, de nouveau scellé mon champ de vision. Je fis un bref mouvement de recul pour tenter d'appréhender ce qu'il se tramait.

- Excuse-moi, je vais trop vite ? s'enquit Léo.
- Du tout. Il s'est juste passé quelque chose…
- Chez toi ? Tu as des problèmes toi aussi ?
- Non non, ici, là maintenant. Tu n'as rien senti ?
- Euh si, c'était super !
- J'ai ouvert les yeux, je suis… je suis comme entré dans les tiens.

Soit je semblais folle amoureuse de lui, soit je semblais folle tout court. Le silence qui succéda à mes derniers mots me fit réaliser qu'il me jaugeait.

- Comment ça ? demanda Léo suite à un bref rire d'incompréhension.
- C'est impossible à expliquer.
- Essaie toujours !
- Je pense que je suis allée dans ton esprit.
- Ah…
- Ça m'a fait la même chose hier avec ma mère. J'étais proche d'elle et j'ai eu l'impression d'entrer dans un autre monde.
- Ok Mona… là, c'est effectivement très étrange !
- Désolé, on va oublier tout de suite cette conversation ok ?

Quelle idiote. Sami est la seule personne sur Terre à qui j'aurais pu en parler. Pas à un crush[1]…

- Attends, tu en as trop dit maintenant. Je veux que tu entres dans ma tête !
- Arrête de te foutre de moi.
- Non, je me fous pas de toi. J'avoue que je suis sceptique, mais j'aime bien les trucs un peu ésotériques, j'ai envie d'en savoir plus !

---

[1] Anglicisme désignant une personne que l'on désire.

Je ne pouvais pas lire dans son regard, mais le ton de sa voix semblait sincère. Ce n'était pas comme ça que j'imaginais mon premier baiser et il paraissait bien dérisoire face à ce qui se tramait à cet instant. J'ai alors pris sa tête entre mes mains, délicatement, et j'ai rapproché la mienne. Lorsque la proximité fut suffisante, mes paupières s'ouvrirent à nouveau. Léo fit un mouvement de recul brusque, ponctué d'un « putain ! ». Mes paupières se refermèrent aussitôt.

–   Tes yeux se sont ouverts ! Je m'en étais pas rendu compte tout à l'heure.

–   Je t'assure que je ne le contrôle pas.

–   Je te crois. Tes pupilles…

–   Quoi mes pupilles ?

–   Il n'y en avait pas. Tes yeux étaient blancs, Mona. C'est flippant. Il faut que tu ailles consulter.

–   J'ai vu tous les spécialistes possibles. Personne ne sait ce que j'ai. Par contre, mes pupilles étaient bien là quand ils m'examinaient.

Je mis mes doigts contre mes paupières et les tirai vers le haut. Quelques secondes passèrent et je commençais à réaliser à quel point je devais avoir l'air ridicule. Ce rendez-vous amoureux improvisé devenait tout simplement grotesque.

–   Là, elles sont revenues. Et tu voyais quelque chose quand tes yeux se sont ouverts ?

– Oui. Mais ça ne semble pas être ce qui se passe ici, en ce moment. J'étais ailleurs.

– On recommence ? Promis, je ne bouge plus.

Mes yeux s'ouvrirent de nouveau et ce même flash étrange me transporta à cet autre ponton, hors du présent, cette même eau noire m'entourait. La demeure me faisait toujours face. Je me suis alors approchée de la porte et j'ai frappé une nouvelle fois. Mes coups résonnaient faiblement et extrêmement loin. Ici, le calme était irréel, on se serait cru dans un caisson sensoriel gigantesque. J'attendis quelques minutes, la porte demeurait inaccessible.

– Léo ? Ouvre-moi !

Je crus distinguer des bruits de pas derrière la porte d'entrée, mais rien ne se passa. Suite à de nombreux autres essais infructueux, je me rendis à l'évidence ; je n'avais rien à faire dans ce lieu qui s'opposait à ma présence. Mais comment en sortir ? Cela faisait sûrement une heure que j'étais là, bloquée sur ce ponton et je commençais à paniquer de devoir y rester pour toujours. Juste avant, j'ai pu revenir à la réalité en faisant un mouvement de recul, mais je semblais cette fois trop immergée dans cette réalité parallèle pour en sortir aussi facilement. La veille, j'étais revenue au monde réel en plongeant malgré moi dans l'eau noire qui entourait ma maison. Je finis donc par immerger ma jambe dans le liquide. À mesure qu'elle y entrait, on ne la voyait plus tant il était opaque, c'était effrayant. Tout mon corps entra enfin dans cet océan d'obscurité, la température était neutre, et malgré mes barbotages inquiets, je m'enfonçais inéluctablement.

- Il s'est passé quelque chose ? demanda Léo tandis que je refaisais surface dans le monde réel.

Je pris mon téléphone portable et appuyai trois fois sur le bouton latéral. La voix de mon assistant vocal m'indiqua l'heure, quelques minutes seulement s'étaient écoulées.

- Mona ? Ça va ?
- Je suis désolée, je suis hyper intrusive. Je comprends que tu n'aies pas envie de t'ouvrir à moi comme ça…
- De quoi tu parles ?
- La maison… en toi. Je n'ai pas pu entrer, comme si tu l'avais verrouillée de l'intérieur.
- Ah oui ? Elle ressemble à quoi la maison en moi ?
- Elle est immense, il y a des poutres apparentes, une grande porte d'entrée rouge.

Léo resta interdit quelques secondes.

- Tu sais où j'habite ? balbutia-t-il enfin.

– J'en savais rien Léo. J'avais déjà remarqué cette maison mais je savais pas que c'était la tienne.

– C'est la mienne, oui.

Je tenais la main de Léo, il la retira et se leva précipitamment.

– Désolé Mona, ça fait beaucoup là. Je sais pas si tu te fous de moi ou si t'es sérieuse.

– C'était une mauvaise idée.

– Non, mais j'ai besoin de prendre un peu de recul là c'est tout. J'espère que tu comprends.

Léo m'embrassa le front frugalement, il devait déjà se demander de quelle manière il allait pouvoir me larguer sans avoir à me traiter de tarée.

– Je te raccompagne ? proposa-t-il poliment.

– Non, c'est bon merci.

– Tu es sûre ?

– T'inquiète pas.

Des scooters rugirent au loin et brisèrent le silence glacial du canal. Comme souvent le soir, ils tournoyaient comme des vautours et s'adonnaient au rodéo urbain sans se soucier des petits vieux qui vivaient dans le périmètre. Ils défilaient fièrement en roue arrière, accompagnés par une musique rap auto-tunée à outrance.

– Pourquoi il me regarde comme ça lui ? s'interrogea nerveusement Léo.

– C'est sûrement mon frère, répondis-je, il a dû te voir avec moi. Fais pas attention.

En plus d'être folle à lier, j'avais le dernier des crétins comme frère. Tant de points marqués ce soir… Les scooters se turent soudainement. Des insultes s'élevèrent et s'entrechoquèrent, se morcelèrent dans un bref écho. Heureusement, elles ne semblaient pas nous être adressées, de nouveaux énergumènes avaient décidé d'affronter la bande de mon frère, dirait-on. Je distinguais des « enculés » et autres « baltringues » depuis le marasme sonore lointain.

– Je te raccompagne, annonça enfin Léo.

Le baiser d'au revoir de Léo fut rendu avec autant de passion qu'un devoir sur table surprise. J'avais tout gâché et pourtant, je ne ressentais pas l'envie de me lamenter, je savais que ce qu'il s'était passé était bien réel, et important.

Tu auras essayé.

À table, mes parents parlaient de tout et de rien, j'étais heureuse pour eux bien sûr, mais je ne pouvais pas m'empêcher d'éprouver un certain malaise. Mon steak végétal devait être massacré par les coups de fourchette nerveux que je lui infligeais. Je repensais à cet après-midi chaotique, à Léo et à cette maison cernée

75

de ténèbres. Il ne fallait plus que je parle de tout ça, j'étais plus seule que jamais. Pour couronner le tout, le message que j'avais envoyé à mon frère pour savoir s'il allait bien demeurait lettre morte.

    — Ma puce, ça ne va pas ? s'enquit mon père.

    — Vous voulez pas faire quelque chose pour Raph ? Il n'est plus jamais là et vous avez l'air de vous en foutre complet.

Un silence s'abattit sur nous. Je les avais pris au dépourvu. Il faut dire que je n'étais pas vraiment d'humeur ce soir.

    — Chérie, articula enfin mon père, tu sais bien qu'on a tout essayé pour aider ton frère… il n'en fait qu'à sa tête.

    — Donc du coup, il n'existe plus c'est ça ? Vous l'avez définitivement abandonné ?

    — On lui offre un toit, on est là pour lui, argumenta ma mère, s'il veut s'éloigner de nous, c'est son droit.

    — Mais…

    — Et tu es sa sœur, renchérit-elle, tu as un rôle à jouer aussi.

    — Sa petite sœur. C'est loin d'être facile.

    — Et bien pour nous non plus.

De cette phrase, ma mère avait clos le débat. Étant certainement trop sensible à ce sujet, mon père s'était effacé. Je l'imaginais parfaitement, les yeux rivés sur son assiette avec cette brillance dans ses grands yeux marron. J'ignorais si je dramatisais ou si j'avais eu raison de bousculer l'état de candeur de mes parents pour évoquer le cas de Raphaël. J'étais anxieuse jusqu'au bout des ongles ce soir-là. Et Sami qui ne se connectait pas sur Discord… Je n'avais aucune envie d'aller sur le serveur des autres potes de notre clan, je voulais juste parler à Sami et il restait injoignable.

La musique *Murder Your Memory* de Title Fight que Léo m'avait envoyée quelques jours plus tôt tournait en boucle dans ma chambre. J'étais lovée contre ma couette, ma main gauche me caressait un sein et la droite s'aventurait entre mes jambes. J'imaginais Léo qui venait s'inviter dans mon lit en pleine nuit pour m'embrasser, ensuite, il commençait à me lécher et me pénétrait alors lentement. Ce scénario aurait dû m'embarquer et pourtant, quelque chose n'allait pas, c'est l'ennui qui finit par s'incruster entre mes draps. Je finis par interrompre ma séance d'onanisme, la contrariété avait repris le dessus.

Au milieu de la nuit, un bruit sourd me réveilla. Je me suis extirpée du lit et allée en direction du couloir. Ma main glissait le long de la rambarde du premier étage et me guidait dans le noir, vers le bruit. Un « putain » retentit en haut de l'escalier, mon frère avait manifestement trébuché. J'entendais sa respiration près du sol, il devait être dans un bel état, une fois de plus. Je vins m'agenouiller à ses côtés.

– T'inquiète, j'ai rien, va te recoucher.

Les effluves émanant de la bouche de Raphaël évoquaient une journée portes ouvertes d'une distillerie de Label 5. Il était arraché. C'était certainement une très mauvaise idée, mais après une brève hésitation, j'approchai mes yeux des siens.

– Qu'est-ce que tu fous ?

Le visage de mon frère m'apparut, pendant moins d'une seconde, avant que le flash n'assaille ma rétine. J'avais eu le temps de constater sa peau couverte d'hématomes et le coquard verdâtre qui soulignait son œil droit. Je me suis alors retrouvée dans cette espèce de garage reconverti en salon, deux maigres néons pendus au plafond s'évertuaient à éclairer l'endroit. Un grand canapé en toile, tâché et éventré, trônait au centre de la pièce. Mon frère y était affalé, ses amis l'entouraient et roulaient chacun leur joint « perso ». On était certainement dans son Q.G., là où il passait le plus clair de son temps. Une seule minuscule fenêtre donnait sur l'extérieur et je pouvais constater qu'il n'y avait rien, si ce n'est ce noir abyssal, comme dans le monde intérieur de Léo et celui de ma mère. Une télévision cathodique faisait face aux cinq squatteurs, elle était allumée sur un signal parasité qui générait cette « neige » hypnotisante et rendait les visages de Raphaël et ses amis d'autant plus blafards.

— On se fait un royal ?

— Vas-y.

J'agitais les bras devant leurs yeux mi-clos, ils ne remarquaient pas ma présence. Je fouillais autour de moi, il n'y avait pas grand-chose ; des outils, des produits d'entretien et des objets qui appartenaient à mon frère aussi et qui n'avaient rien à faire ici, car ils venaient de sa chambre. Un fracas retentit derrière moi. En me retournant, je le vis en train d'envoyer une pluie de coups de poing dans la figure d'un type. Il était à califourchon sur lui et sur ce qui restait de la table basse. Le visage de sa victime était étrangement trouble et difforme. Il s'agissait d'un grand de son âge, un rival. La violence de la scène était telle que je reculai et me couvris les yeux.

— Arrêtez ! hurlais-je.

Les beuglements testostéronés s'interrompirent aussitôt. En abaissant mes mains, je constatais que Raphaël était de nouveau en train de rouler son joint, entouré de ses amis. La table basse tenait sur ses pieds comme avant, la seule différence, c'est que le poing de mon frère était ensanglanté. On était passé d'une scène à une autre en un battement de cil, comme lorsqu'un souvenir traumatique vient encombrer notre fil de pensée. Je commençais à saisir ce qu'impliquait d'entrer dans l'esprit d'une personne ; ses secrets, ses angoisses se révélaient ici sans réserve. Les fantasmes aussi étaient littéralement placardés sur les murs : il y avait des posters de scooters dernier cri et des femmes nues. Sur l'un d'entre eux, une des profs du lycée, madame Almar, posait comme une pin-up, dans son plus simple appareil. Tout ce qui m'entourait ne provenait donc pas seulement de souvenirs concrets, l'imagination de l'hôte façonnait aussi cet espace mental. Entrer ainsi dans l'intimité de quelqu'un s'avérait fascinant, mais surtout intimidant. À quel point pouvais-je interagir avec ce monde ? Raphaël ne pouvait pas me voir ni m'entendre, mais il me semblait tout de même que la baston avait pris fin parce que je les avais sommés d'arrêter. J'eus l'idée d'attraper une bouteille d'alcool à brûler sur l'étagère brinquebalante du coin de la pièce et d'en déverser quelques gouttes dans leurs verres de vodka et leur tabac à rouler. Une expérience, sûrement idiote, mais après tout, rien n'était réel ici.

En m'approchant de la télé, je vis une pile de DVD gravés, estampillés de différentes dates inscrites au marqueur, qui ne demandait qu'à s'effondrer. Je saisis la dizaine supérieure d'entre eux et commençai à les parcourir.

Murge de la demi-finale de l'Euro 2021, Crète 2014, Engueulade avec les parents — confinement 2020, Concert de Fianso 2019,...

Un d'entre eux attira mon attention, il indiquait *Promenade avec Marion — février 2024*. J'insérai le disque dans la platine qui se trouvait sous la télévision, la neige parasite de l'écran disparut instantanément pour laisser place à un brouillard de pixels noirs. Quelques artefacts de couleurs apparurent puis un petit chemin se dévoila. Je connaissais ce chemin ; il s'agissait du bord du canal. Une jeune fille, un peu plus âgée que moi, toisait la caméra en allumant une cigarette. Sous son maquillage vulgaire, il y avait un regard profond et acide, une rancœur amoureuse. Elle et notre protagoniste-cameraman longeaient le cours d'eau.

— En gros, soit t'es avec tes potes, soit tu vas pécho des garces ? fulmina-t-elle.

— Putain mais je l'ai pas pécho Marion !

— Ah ouais ? J'ai vu sa storie, me prends pas pour une conne.

Raphaël cherchait les bons mots pour s'expliquer et à l'évidence, ils demeuraient désespérément absents.

— Pour toi, je suis quoi ? Un plan cul ?

— On s'est juste fait un câlin avec cette meuf, hasarda mon frère, ça n'avait rien de…

— Va te faire foutre ! Déjà que tu passes tout ton temps avec tes potes, là j'ai eu ma dose clairement.

Marion jeta son mégot violemment puis dévia du petit chemin pour quitter le bord du canal. Ces images n'étaient à l'évidence pas réellement capturées à l'aide d'une caméra, il s'agissait du point de vue de Raphaël, d'une interprétation de ses souvenirs et la télé faisait office de retransmetteur. Quand il était plus jeune, il vendait à ses camarades de classe des films et des séries gravées sur DVD qu'il avait téléchargés au préalable. Avant le shit, *Scrubs* et *American Dad* représentaient son fonds de commerce. Si chaque espace mental régissait ses propres règles, les souvenirs sur DVD avaient donc une certaine cohérence ici.

Marion s'éloignait dans l'écran en écrasant les hautes herbes de ses pas déterminés, puis l'image se coupa et le lecteur éjecta le DVD. Déroutée par ce que je venais de voir, je me mis à fouiller à nouveau la grande pile de souvenirs de mon frère. Mon sang se glaça lorsque je vis un disque sur lequel il était inscrit « Alix — octobre 2024 ». Elle est morte ce mois-ci. J'ouvris la boîte fébrilement et m'empressai d'insérer ce nouveau disque dans la platine. L'image se dessina au fil des artefacts de couleur, une petite rue de Cerifault défilait à l'écran. Il était difficile de la distinguer des autres à première vue tant elles se ressemblaient toutes, puis je reconnus la rue Alphonse Mucha qui était proche de la maison d'Alix et que nous empruntions à chaque fois qu'on se rendait chez elle. Parmi les pixels de l'écran, je discernais les feuillages jaunis par la chaleur caniculaire de l'été qui s'annonçait. Mon frère avançait en scooter dans cette rue déserte animée par le seul piaillement des oiseaux. Soudain un cri. Raphaël freina et tourna la tête en direction du bruit. Il vit un homme plaquer une jeune fille contre un tronc d'arbre. L'adolescente avait la mâchoire agrippée par sa grosse paluche. J'avais beau scruter l'écran et plisser les yeux, la qualité de l'image ne permettait pas de distinguer correctement les individus qui se trouvaient devant mon frère. Toutefois, je reconnus la peau diaphane d'Alix et sa chevelure rousse, c'était bien elle. L'homme était un cinquantenaire vêtu d'un polo vert et il portait des lunettes de soleil. De sa main libre, il les releva pour plonger son regard dans celui d'Alix. Mon frère descendit de son scooter et héla l'homme pour l'interrompre. Ce dernier défit son étreinte belliqueuse puis s'enfuit en regagnant une berline noire qu'il démarra en trombe. Alix glissa le long du tronc d'arbre et s'étendit au sol. Raphaël se rapprocha et constata qu'elle ventilait comme si l'oxygène avait subitement disparu de l'air environnant. Elle étouffait. Ses yeux restaient clos. Il n'y avait pas de traces de coups ni de marques, mais Alix semblait en état de choc.

— Eh, c'est moi, Raphaël. C'était qui lui ?

Le ton impassible de mon frère témoignait d'un certain détachement face à ce qu'il venait de se passer. Alix balançait sa tête de gauche à droite comme si elle

83

essayait de chasser cet instant de son esprit. On devinait ses globes oculaires qui roulaient sous ses paupières.

– Non… gémit-elle seulement.

– Alix, tu m'entends ?

– N'en parle à personne. À personne.

– Pourquoi ? T'es ouf ou quoi ? C'était qui ce mec ?

Alix se redressa d'un coup et hurla en direction de Raphaël, les yeux toujours fermés.

– Dégage !

Raphaël fut pris de court et s'exécuta. Il marmonna un simple « tarée » puis il enfourcha son scooter et traça sa route.

Le DVD était terminé. Je restais paralysée devant la neige de l'écran cathodique. Qui était cet homme ? Pourquoi une telle réaction de la part d'Alix ? Comment mon frère avait-il pu garder ce secret après ce qu'il s'était passé ? Mon cerveau subissait comme une brûlure indienne face à ces questionnements.

J'entendis du mouvement derrière moi, Raphaël et ses potes s'étaient levés du canapé pour s'agglutiner dans les minuscules toilettes du sous-sol. Je fus subitement extirpée de l'espace mental de mon frère. Le temps que je reprenne mes esprits, je l'entendais déjà gagner la salle de bain du bout de l'étage pour dégobiller généreusement. Sa réaction fut identique dans le monde parallèle qu'ici. Est-ce que son état avait déclenché les vomissements, ou était-ce le fait que j'enduise son verre et son joint d'alcool à brûler ?

Ma vue s'était de nouveau fait la malle.

Animée par toutes mes récentes découvertes, je suis allée chercher de la beuh dans la petite boîte *One Piece* sur mon bureau et j'ai attendu mon frère dans sa chambre en roulant, le temps qu'il finisse de se vider. On avait déjà fumé ensemble, il disait non à tout ce que je lui proposais excepté quelques lattes de bédo. Lorsqu'il passa la porte, j'ouvris sa fenêtre et lui tendis mon joint.

> – Tu l'allumes ?
> – Non, c'est bon… maugréa-t-il, j'ai eu ma dose pour ce soir. Va dormir.

J'eus la forte impression de percevoir un relent de sa part en approchant le joint de lui. Cela confirmait mes suppositions : je parvenais à influencer les personnes lorsque j'entrais dans leur esprit. Cette habilité s'avérait aussi euphorisante que terrifiante. Avant de partir, il fallait que je lui pose la question, les mots peinèrent à quitter ma bouche.

> – Raph… est-ce que tu as vu Alix quelques jours avant qu'elle se suicide ?

Mon frère resta muet l'espace de quelques secondes. Il attrapa mon bras avec hargne puis me traina hors de sa chambre.

— Casse-toi je t'ai dit ! Elle est morte ta pote, on n'y peut rien !

J'évitai la chute de peu en agrippant à la barrière du premier étage. Ce con avait failli me faire faire un aller direct pour le rez-de-chaussée. Il claqua la porte.

Je restais cramponnée à la rampe en sanglotant.

— Qu'est-ce qu'il se passe, s'enquit la douce voix endormie de mon père.

— Rien papa, t'inquiète.

V

Tandis que j'appliquais l'eau froide du robinet de la salle de bain sur mon visage pour me faire émerger, le stress lié à la fête de Nawel commença à poindre. C'était le jour J, je me disais que tous les compteurs étaient au rouge et que je n'avais tout simplement pas envie d'y aller. La pauvre aveugle n'allait sûrement pas manquer à grand monde. Mais une autre partie de moi, infime, nageait à contre-courant et voulait que je me fasse violence, que je m'impose au monde, quoi qu'il en coûte.

Sors un peu, vide-toi la tête.

Aller me vider la tête ne pouvait pas me faire de mal. J'ai appelé Sami, je comptais sur lui pour prendre ma décision, mais il ne répondit pas. Je me mis à hurler dans ma chambre.

– Putain vous me faites tous chier !

Ma voix avait recouvert le morceau *Runaway* de Lil Peep, que j'avais pourtant mis à plein volume sur mon enceinte portable. Sami rappela à cet instant, ce qui me donna l'impression d'avoir un peu surréagi. En lui demandant s'il comptait venir à la soirée, il me répondit qu'il allait justement au Dôme pour s'acheter une chemise décente.

Le Dôme, c'était ce grand centre commercial de la ville voisine dans lequel on pouvait claquer notre argent de poche en fringues, jeux-vidéo, glaces de chez Jimmy's ou au ciné, c'était clairement le repère pour les galériens comme nous qui tournaient en rond à Cerifault. J'ai proposé à Sami de l'accompagner, il acquiesça. Notre conversation avait duré moins de quinze secondes et ça n'avait rien d'habituel, comme si une gêne s'était immiscée entre nous. Il m'attendait à l'arrêt de bus 321, et rien que le fait qu'il ne vienne pas me chercher chez moi, c'était anormal. J'étais munie de ma canne, pas le choix. Le sentiment d'être handicapée était bien présent quand je ne pouvais compter que sur elle. Le «cours de locomotion» pour personnes «déficiente visuelle» que j'avais suivi il y a quelques mois aurait pu me faciliter la tâche, le moniteur apprenait à déchiffrer notre environnement grâce à la topographie, les odeurs, les sons, la canne. Accepter cette dernière comme une alliée indispensable, un objet positif, faisait partie de la formation. Je n'avais rien voulu entendre, je n'y suis jamais retournée.

Les moteurs vrombissaient à bas régime sur la route, c'est que le feu piéton était passé au vert. Je tressaillis lorsqu'un bras glissa sous le mien, il s'agissait d'un vieil homme qui m'aidait à traverser. Sauf que je ne lui avais rien demandé. J'ai repoussé son bras cordialement, avant de trébucher sur le satané trottoir d'en face. Enfin arrivée à l'arrêt de bus, j'entendis la voix de Sami me saluer vaguement. J'en déduisis qu'il m'avait vu arriver et ne s'était pas bougé pour m'épauler, lui.

– Ça va ?
– Ouais. Et toi ?
– T'aurais pu m'aider à traverser non ?
– T'avais pas l'air d'avoir envie qu'on t'aide…
– Qu'est-ce que t'as ?
– Moi j'ai rien, toi qu'est-ce que t'as ?
– Bah rien.
– Content d'avoir de tes nouvelles en tout cas.
– Moi aussi.
– T'es pas avec ton keum ?
– Bah non.
– C'est pour ça alors.

C'était donc la jalousie qui animait Sami. Je n'avais pas rebondi sur cette pique, mais je trouvais assez pathétique qu'il m'en veuille de voir Léo. Et puis le silence qui s'installa entre nous permit de me rappeler que je ne lui avais pas demandé comment allait sa mère. Il m'avait prévenue quelques jours plus tôt qu'il ne viendrait pas en cours pour s'occuper d'elle. La maman de Sami avait un cancer à un stade très avancé et seulement soixante ans. Peut-être que sa rancœur provenait plutôt du fait que j'avais été carrément égoïste sur ce coup-là. Léo, mon étrange capacité à investir les esprits et ce souvenir de mon frère à propos d'Alix avaient accaparé toutes mes pensées.

– Comment va ta mère ? demandai-je après un douloureux effort d'humilité.

– Ça s'arrange pas. Elle ne marche quasiment plus.

– Putain…

Le bus 321 arriva et nous nous installâmes sur les places du fond. J'avais ignoré tous les passagers m'ayant proposé leur siège par pitié. Sur le trajet, les échanges avec Sami furent plus légers. Ça me faisait plaisir de l'entendre rire. Les émotions de mon ami étaient tellement contagieuses qu'il valait mieux l'avoir de bonne humeur à ses côtés.

Le capharnaüm du Dôme prit ma tête en étau, je n'y étais pas retournée depuis que mes paupières s'étaient scellées sur mes yeux et mon ouïe avait compensé ma cécité par une perception auditive accrue. Je pouvais habituellement me représenter avec une certaine fidélité la distance entre différentes sources sonores mais lorsqu'elles s'accumulaient trop, elles perdaient toute cohérence et il y avait de quoi te bousiller le cerveau.

Le marasme de voix qui résonnait dans cette cathédrale de la consommation créait comme un monstre de bruit colossal. Je n'osais plus balayer l'environnement de ma canne, ni même avancer.

– Ça va aller Momo ? s'inquiéta Sami dès notre arrivée dans le centre commercial.

– Ouais. Guide-moi juste s'il te plaît.

Le pire à travers cette torture auditive, c'était que la seule chose qui s'extirpait du brouhaha, c'était mon prénom. Tous les Cérifois me jaugeaient et échangeaient à mon propos d'un ton tantôt compatissant, tantôt moqueur. Une de ces voix fut reconnaissable. Elle nous interpellait, Sami et moi. Nous nous retournâmes, cette voix était celle de Lara. Christophe se tenait à ses côtés et il était si discret qu'il me fallut un moment pour constater sa présence. Cela faisait longtemps que je n'avais pas croisé les parents d'Alix.

– Comment tu vas ma puce, me demanda Lara chaleureusement en me caressant la joue, et toi Sami ?

– Ça peut aller, répondit-il, et vous ?

– Ça va. On vient de voir le dernier Marvel… c'était con mais divertissant. Et vous, vous faites quoi ?

– On essaie de trouver un style à Sami, brocardais-je, pas facile.

– Surtout avec une Cristina Córdula aveugle pour m'accompagner, surenchérit Sami.

J'entendis le rire charmant de Lara. Christophe restait en retrait de la conversation. Je devinais qu'il n'arrivait toujours pas à surmonter la perte de sa fille ou à feindre d'aller mieux. Sortir de chez lui pour se rendre au Dôme avait déjà dû lui demander un effort prodigieux. Je préférais ne pas imaginer à quoi ressemblait son monde intérieur, mais peut-être qu'il existait un moyen de soulager sa peine.

Je ne supporte pas de le savoir dans cet état.

– Et tes yeux Mona ? Aucune amélioration ?

– Non.

– Pas d'autres personnes… contaminées ?

– Je crois pas non. On n'a aucune idée de la façon dont ça se transmet. Mais on n'a pas de nouveaux Louis Braille dans la ville donc je ne pense pas être dangereuse.

– Ok.

Christophe s'avança soudainement et il s'adressa à nous d'une voix meurtrie.

–   Ils ne nous diront jamais de quoi il s'agit, ils le savent très bien, mais ils vont nous laisser crever de chagrin sans qu'on puisse comprendre ce qu'il s'est passé.

Ce « ils » évoqué par Christophe renvoyait à des individus aussi réels que Big Foot. Son intervention mit notre échange en suspens. Le père d'Alix était, avant le drame, quelqu'un que l'on aimait écouter. Par ses mots, il parvenait à captiver son audience et à l'impliquer dans le moindre de ses engagements. Son investissement pour la ville de Cerifault nous laissait imaginer qu'il finirait maire un jour ou l'autre. Aujourd'hui, avec ce discours complotiste, il ne subsistait qu'une version terrassée de lui.

–   Bon à la prochaine, interjeta enfin Lara, portez-vous bien.

Au revoir…

Chez Jules, Sami essayait une troisième chemise.

–   Ça me moule bien les muscles. Peut-être un peu trop…

–   Quels muscles ?

Sami referma le rideau brutalement. J'entendis des ricanements qui provenaient d'une autre cabine au loin.

- C'est clair qu'il vaut mieux être aveugle que voir comment ce moche s'habille... Quelle blague ces deux-là.

J'aurais reconnu la voix insupportable de Justine entre mille. Ma poitrine fut parcourue d'une chaleur intense, la haine se répandit en moi comme un venin.

- J'avoue, gloussa son amie, vas-y je vais te chercher du 38.

Je sentis la pote de cette garce passer derrière moi et sans réfléchir, je me précipitai en direction de la cabine de Justine. Le sang battait dans mes tempes au même rythme que ma canne sur le sol, j'avais perdu tout contrôle.

- Justine ? appelai-je en me hâtant maladroitement.

Le rideau d'une cabine s'ouvrit. Ce signal sonore m'indiqua à quelle distance Justine se situait. La canne avait le mérite d'avoir une meilleure portée que mes mains et me permit d'atteindre le visage de cette peste sans trop de difficulté. Je m'engouffrai ensuite dans la cabine et la plaquai contre le grand miroir qui se trouvait derrière elle.

- Putain, mais espèce de...

Sa phrase avait commencé avec une belle intensité, elle s'était cependant arrêtée net. Justine était à moi.

Mes yeux s'ouvrirent, je vis brièvement le regard écarquillé et surligné d'eye-liner de ma proie puis je suis entrée dans son esprit. Ma vue troublée s'affina et dévoila un type tatoué, plutôt bien fait, mais au style douteux. Il me fallut quelques secondes pour réaliser que j'étais face à Justin Bieber. D'autres posters couvraient les murs : Drake, Rosalía… des photos de Justine et ses copines stupides étaient disposées sur une guirlande lumineuse. La déco de cette chambre me donnait la nausée. Elle était surtout beaucoup trop bien rangée pour être une véritable chambre d'adolescente. Sous la lampe de bureau allumée, les stylos étaient parfaitement ordonnés, parallèles à la règle et aux Post-its roses. Un énorme fracas retentit. Je fis volte-face, la porte fermée de la chambre se dressait devant moi, elle était recouverte de verrous et de chaînettes.

– Justine ! hurla une voix féminine enragée, Justine !

La voix faisait trembler la porte comme une corde vocale.

– Où es-tu Justine ?

En regardant autour de moi, effrayée, je découvris Justine qui était assise à son bureau, de dos. Elle était plongée dans ses devoirs et tressaillait à chaque fois que la voix retentissait.

– Justine !

Qu'il était étrange de la voir ainsi prostrée ! Amusée, je décidai de retirer les chaînettes une à une. Justine se tourna vers moi, j'avais beau être invisible, elle constatait que la porte se déverrouillait au fur et à mesure. J'eus du mal à défaire les derniers loquets tant la porte était secouée, mais au moment où je fis glisser la chaînette restante et que la voie fut libre, tout s'arrêta, il n'y eut plus un bruit. La porte s'entrouvrit dans un grincement lancinant. Depuis son bureau, Justine avait les yeux rivés sur l'entrebâillement. Je fis quelques pas en arrière et soudain, un nouveau coup retentit, cette fois, la porte s'ouvrit en trombe et révéla une silhouette de femme quarantenaire. Son corps, immense et filiforme, investit la chambre. Il s'agissait de la maman de Justine, je l'avais déjà croisée devant le lycée. Sa taille était ordinaire dans le monde réel, ici, elle fluctuait au gré de ses mouvements, tel un serpent. Ses traits avaient beau être tout à fait reconnaissables, ils possédaient quelque chose de profondément dérangeant et inhumain. Cette monstruosité sous-jacente se logeait dans la forme du visage et surtout dans le regard de la mère de Justine.

– Espèce de petite imbécile, tu as cru que tu pouvais sécher les cours sans que je ne le sache ?

– Non maman, madame Campeis était très en retard et on a pensé qu'elle ne viendrait pas !

La mère de Justine agrippa les cheveux de sa fille et tira brutalement sa tête en arrière.

– On a déjà parlé de tes mauvaises notes, je t'ai dit ce qui arriverait si tu continues à procrastiner. Je ne tolèrerai pas une ratée sous mon toit !

– Je vais m'améliorer maman, suffoqua Justine, promis !

La matriarche relâcha son étreinte et quitta la pièce à reculons, comme si l'on avait rembobiné la scène. Justine avait chu de sa chaise et éclaté en sanglots. C'est qu'elle m'aurait presque fait de la peine, mais il ne fallait pas s'y tromper ; rien de tout ceci n'était réel. Je me trouvais dans l'esprit de ma pire ennemie et je me devais d'en tirer profit. Le téléphone portable à la coque rose bonbon de Justine était sur son bureau. Je le saisis et ouvris Instagram. Ce réseau social était son principal moyen d'expression, je savais qu'elle aspirait secrètement à devenir une de ces influenceuses qui font rêver des milliers de filles avec leur vie en carton-pâte. J'eus l'idée complètement tordue et machiavélique de filmer la pleureuse pour en faire une storie. Avant de publier ma vidéo, je la gratifiai des filtres colorés que Justine affectionnait tant. En quelques secondes, mon forfait était accompli, tous ses contacts découvriraient que la soi-disant diva du lycée dissimulait une véritable « fragile ». C'était pour de faux, mais cette Justine l'ignorait et cela suffit à m'exalter. J'eus à peine le temps de poser le portable qu'il vibrait déjà comme si un séisme le malmenait.

Tandis que les notifications affluaient sur le smartphone et que Justine tentait de les faire taire, je fouillais allègrement dans ses produits de beauté. En l'espace de quelques minutes, les bombes colorantes pour cheveux m'avaient permis de couvrir les murs d'insanités et de maquiller Justine comme une clown. L'euphorie de la vengeance me faisait trembler et je fus prise d'un fou rire nerveux et interminable. Une main se posa sur mon épaule, Sami se trouvait derrière moi.

– Qu'est-ce que tu fous ?

Oui, qu'est-ce que tu fous ?

Mes paupières se rabattirent sur mes yeux. J'étais de retour dans la cabine d'essayage. J'entendis Justine glisser le long du miroir puis se recroqueviller au sol. Elle laissa éclater un sanglot retentissant qui avait quelque chose de très enfantin, désarmant. Sami avait remarqué mon absence et était venu à mes côtés. Il restait coi et immobile.

– On ferait mieux de se barrer, lui dis-je.

Sami me prit le bras puis me guida d'un pas hâté vers la sortie du magasin. Nous croisâmes l'amie de Justine qui se précipitait en direction des pleurs.

– Il s'est passé quoi meuf ? paniqua Sami.

– Je sais pas trop… je te raconterai.

Étais-je allée trop loin ? Étrangement, mon euphorie depuis ma visite dans l'esprit de Justine n'était pas retombée, au contraire. Il y avait quelque chose de profondément grisant avec ce phénomène que personne ne pouvait soupçonner. Les pleurs continuaient tandis que nous quittions le magasin.

VI

- À ma première grosse soirée, moi, j'avais fumé un tar-pé, mais juste pour essayer. À l'époque, c'était rare d'en trouver, vous savez ? J'avais en tête de pé-cho une nana...
- Arrête de parler en verlan papa s'il te plaît, objectais-je.
- Ok, j'avais des vues sur une fille. Et sans mauvaise prétention, je pense que j'avais mes chances. Le problème c'est qu'ayant fumé, j'arrivais plus à aligner deux mots...

À l'arrière de la voiture, je mimais une autopendaison à Sami. Cela le fit rire, mais il était plus captivé que moi par l'histoire de mon père.

- Et ensuite Stéphane ? Il s'est passé quoi ? Vous avez pu finalement la conquérir ?
- J'étais pas loin. Mais là, j'ai commencé à me sentir assez mal, ma vision s'est réduite et...
- Et quoi ? trépignait Sami
- Et je suis tombé dans les pommes. J'étais blanc comme un linge. Quand je me suis réveillé, on

m'avait allongé sur un canapé. La fille était partie et je me suis rendu compte que l'on m'avait dessiné des… parties génitales sur les joues.

Sami éclata de rire, moi j'avais plongé mon visage dans mes mains.

> – Je me doute bien que vous avez déjà votre petite expérience avec le cannabis et l'alcool. Je sais que vous êtes à un âge où on a envie de tester des trucs, je vous demande juste de veiller l'un sur l'autre et d'être prudents.

C'était mon père ça ; parfois gênant, mais souvent trop cool pour être réel. Il s'arrêta devant la maison de Nawel. Je lui fis un bref bisou, je m'apprêtais à sortir de la voiture, mais il me retint dans mon élan.

> – On dit une heure du matin maxi, ok ? Tu m'appelles ?
>
> – Ok papa.
>
> – Allez, profite ma puce.

Les basses retentissaient déjà depuis l'extérieur, un bourdonnement de voix provenait de la maison, seuls quelques éclats de rire et hurlements s'en extirpaient. Sami ouvrit le portail, je n'avais qu'une envie ; rentrer chez moi. Qu'est-ce qu'on faisait là au juste ? On avait au mieux deux ou trois connaissances dans le lot. Étant donné le silence inhabituel de Sami, j'en déduisis qu'il n'était pas des plus confiants non plus.

– J'ai bien envie de me mettre une race moi, me dit-il d'une voix peu enjouée.

Des grosses soirées, on n'en avait pas fait tant que ça. La dernière en date, c'était chez Alix, elle avait la popularité nécessaire et des parents suffisamment cools pour organiser des fêtes de la taille de sa maison, avec des invités de différentes classes, de différentes années. Déléguée de la 1ère B et leader des blocus de l'an passé, Nawel avait un peu repris le flambeau de « la-fille-la-plus-populaire-du-lycée ».

Nous sonnâmes à plusieurs reprises, sans succès. Deux mecs sortirent finalement en trombe en jouant à « chat-bite », le son émo-rap *Come & Go* de Juice WRLD faisait trembler les murs du salon. Je sentais la chaleur humaine qui se mêlait à celle des eaux de toilette et de la fumée de cannabis. J'avais laissé ma canne à la maison et je comptais plus que jamais sur Sami qui me tenait le bras avec fermeté. Il avait raison de le faire ; le vacarme de la soirée, comme celui du Dôme, me désorientait complètement. En revanche, ici, j'avais l'impression que les gens n'avaient pas remarqué ma présence… et ça faisait du bien. On avait ramené un pack de bières et une bouteille de mousseux, mais à en juger par les incitations aux culs-secs qui affluaient, les gens de la soirée semblaient tourner à l'alcool fort. Quelques personnes nous saluèrent, je ne reconnaissais pas les voix, mais je saluais à mon tour poliment. Je me sentais d'une rigidité cadavérique, incapable de me détendre dans cette atmosphère survoltée. Quelqu'un souffla près de mon visage sa fumée de cigarette, je me retins de tousser pour ne pas passer définitivement pour un oisillon qui n'a jamais quitté son nid. Sami m'indiqua qu'on pouvait poser les manteaux sur une pile de vêtements, le refrain de la musique battit son plein à cet instant, toutes les voix s'élevèrent à l'unisson dans un cri de jubilation.

– Il y a ton keum meuf, m'annonça Sami.

– Merde…

– Je crois qu'il fait genre il t'a pas vue.

– Un lâche. Tu peux me servir un verre rapidement s'il te plaît ?

Sami me tendit un gobelet sans me dire ce qu'il avait versé dedans. La première gorgée fit l'effet d'un lâcher de napalm dans ma poitrine. Sami éclata de rire en me voyant déglutir.

– Oups j'ai oublié de mettre du Coca dans ton whisky-coca.

– Sombre idiot, rétorquai-je en contenant ma douleur.

Sami s'était déjà détendu, il avait dû commencer à danser, car il me secoua par les épaules pour m'inciter à faire de même. Je n'étais absolument pas prête à me donner en spectacle. Ne pas voir les personnes qui dansaient autour de moi et ceux qui pouvaient potentiellement se payer ma tête était rebutant. Je cherchais Sami à tâtons, mais il était déjà plus loin, sous le joug d'un hip-hop américain racoleur. Je n'avais qu'une envie à cet instant ; celle d'être dans ma chambre, sur Discord, avec ma guilde. Une voix féminine me fit tressaillir :

– Monaaaa !

Je me suis retournée, un silence gênant s'installa. Je n'avais pas la moindre idée de qui ça pouvait être.

– Pardon ! C'est Nawel. C'est cool ! Je pensais pas que tu viendrais.

Ça tombait bien, moi non plus.

– Merci pour l'invit. Ça te fait quel âge ?

– 17 ans.

– Cool. À la tienne !

Nos verres en plastique s'entrechoquèrent.

– Tu tiens le coup toi ? demanda Nawel.

– Oui pourquoi ?

– Eh bien… par rapport à Alix… ce qui t'est arrivé… tout ça ?

– C'est pas facile. J'essaie de vivre avec tout ça.

– Ce qu'il faut, c'est être bien entourée dans ce genre de moments. Si t'as besoin, n'hésite pas, ok ?

Il s'avérait que Nawel était quelqu'un de très cool, je me sentis tout à coup à l'aise là où j'étais. Le whisky n'était sûrement pas étranger à cette sensation.

– Au fait. Il y a quelque chose entre toi et Léo ?
– Pas vraiment non, balbutiai-je maladroitement.
– Ah tu me fais plaisir, c'est ma target ce soir !

Ma gorge se serra. Je me contentai d'un sourire forcé.

– Mais c'est bizarre sa main, non ? poursuivit Nawel, ça me dégoûte un peu.

Changement de verdict : Nawel était une connasse. De toute façon, son soutien quant à mon deuil et ma cécité avait six mois de retard. Essoufflé, Sami s'immisça entre nous deux et mis un terme à cet échange qui devenait gênant.

– Vous dansez les meufs ou quoi ?
– Grave ! m'écriais-je aussitôt.

Je finis mon verre d'une traite. Il m'en fallut en réalité deux autres pour véritablement me lâcher sur les musiques plus ou moins douteuses de la soirée. J'étais aussi passée par les toilettes pour hyperventiler une bonne minute. Pathétique. Mais cette version anxieuse de moi-même s'éteignit au fil de la soirée, j'avais peu à peu éloigné mes craintes sur les regards que les autres pouvaient m'adresser, et de toute façon, je ne les voyais pas. L'ivresse me faisait parfois tanguer, je frôlais souvent les personnes autour de moi, mais je savais que mes mouvements épousaient parfaitement la cadence de chaque musique. Je riais, je me sentais belle, je me sentais bien. Mes paupières fermées n'étaient plus une contrainte, je m'abandonnais à un plaisir qui n'appartenait qu'à moi. En cet instant hors du temps, le monde qui m'entourait était le dernier de mes soucis.

Un peu plus tard dans la soirée, Sami voulut me faire monter sur l'îlot central de la cuisine américaine, il n'a pas eu besoin d'insister longtemps et je me suis rapidement retrouvée sur ce podium improvisé, accompagnée — du moins je l'espérais — de plusieurs autres personnes. Les autres invités de la soirée chantaient, agglutinés à mes pieds comme s'ils formaient mon public transi. Tout le monde semblait dans le même état d'euphorie que moi, ça faisait plus de six mois que je ne m'étais pas sentie aussi vivante.

Un cri déchirant retentit. La musique restait trop forte pour qu'il interpelle la masse ivre occupant dans le salon. Il s'éleva une seconde fois et fut plus sonore encore, d'une voix tellement meurtrie qu'elle en devint terrifiante. Alors que les interrogations abondaient parmi les invités, la musique s'arrêta enfin. Je devais sans doute être la dernière à avoir cessé de danser. D'autant que ce que je ne comprendrais que plus tard, c'est que la personne qui avait hurlé devait à cet instant n'avoir d'yeux que pour moi. Cette personne, c'était

Justine. Sur le moment, j'ai malheureusement mis une éternité à réaliser ce qu'il se tramait.

– Espèce de salope, sanglota la voix de Justine, qu'est-ce que tu m'as fait ?

Lorsque j'ai percuté qu'on s'adressait à moi et de qui il s'agissait, je me surpris à rester stoïque. Justine fendait la foule, j'entendais ses pleurnichements qui se rapprochaient.

– Je me sens super mal putain… J'en peux plus ! C'est toi qui m'as fait ça sale sorcière !

Le fait qu'elle me traite de sorcière me fit réprimer un rire nerveux. En temps normal, j'aurais été terriblement mal à l'aise à l'idée d'être ainsi au centre de l'attention, mais ici, non seulement j'étais bien trop éméchée pour m'en soucier, mais surtout, c'est Justine qui se ridiculisait, je n'avais rien à faire de plus que de jouer l'innocente.

– Je crois que Justine a pris un peu trop de tequilas paf, ironisais-je nonchalamment.

Une vague de rire accompagna ma raillerie. Je crus comprendre que Justine s'était effondrée au milieu de tous, elle commença à brailler comme une gamine capricieuse. C'était trop facile, c'était trop bon.

– Si vous voulez me mettre au bûcher, c'est maintenant, poursuivais-je avec assurance, sinon on peut peut-être remettre un peu de son ?

Suite à cet instant de profond malaise, la fête reprit comme s'il ne s'était rien passé. Je percevais les voix des amies de Justine qui ramassaient leur copine en lançant les pires injures dans ma direction. Galvanisée par ma propre réaction à la scène qui venait de se jouer, je sentais des frissons parcourir mon corps de part en part.

Plus tard dans la soirée, une main me saisit l'épaule. Je reconnus la voix de Nawel.

– Tu peux gérer ton pote ? Je crois qu'il va bé-ger partout là.

Elle m'accompagna vers la cuisine, je n'étais pas des plus lucide moi-même et mon centre de gravité se faisait un malin plaisir à osciller au fil de mes pas. J'entendis le rire aigu de Sami.

– C'est tellement raciste mec ! articula-t-il difficilement.

– C'est pas raciste si c'est la vérité.

Sami s'était manifestement fait des amis de haute volée. Le problème, c'est qu'il s'avérait plutôt têtu quand un sujet lui tenait à cœur et inutile de préciser que l'alcool n'allait pas arranger les choses. Sami avait cessé de rire, il se concentrait pour sortir sa prochaine phrase.

– Je vais… te casser la gueule.

Un fracas survint. De la vaisselle, des verres se brisèrent par terre. Sami dégringola sur le sol, lui aussi. Je pense qu'il était tombé tout seul. Nawel, piqua une crise en voyant l'ampleur des dégâts. Furieuse, elle me somma de m'occuper de mon ami mais elle avait dû oublier que j'étais aveugle… et bourrée. J'essayais de ramasser Sami qui continuait de menacer son interlocuteur.

– T'es mort, j'vais t'enculer…
– Mon chat, fais un effort s'il te plait, suppliais-je.
– Attends, je te file un coup de main, fit une voix à mes côtés.

C'était Léo. Il m'aida à hisser Sami sur ses jambes.
– Toujours là pour me relever LéoPar77, plaisanta Sami.
– Toujours mon pote. On va prendre l'air ?
– Je suis pas ton pote… j'vais t'enculer toi aussi.
– Sami putain ! m'écriais-je.

Sami et moi étions loin d'être populaires au lycée, et pourtant on avait réussi à être au centre de l'attention à cette soirée. Pas sûre que ce soit pour le meilleur.
– J'ai la voiture de mon père, dit Léo, je vais le raccompagner.

La tête plongée entre ses deux genoux, Sami utilisait ses dernières forces pour se retenir de dégobiller. Nous étions assis sur le trottoir côte à côte, silencieux et je lui tapotais le dos. Le ronron de la BMW de Léo se rapprocha de nous. Je parvins à convaincre Sami de se lever, il suivait ma voix mais semblait loin de toute lucidité.

- Momo... m'appela-t-il, tu vas pas m'abandonner hein ?
- Qu'est-ce que tu racontes ? répondis-je d'un ton badin.
- Tu sais que t'es la seule personne...

Nous étions bras dessus bras dessous avec Sami, j'essayais de le faire avancer. Il ne réussit pas à terminer sa phrase et s'arrêta à mi-chemin de la voiture. Léo sortit et ouvrit la portière côté passager. Je pris le visage de Sami entre mes deux mains sans placer mes yeux clos dans l'axe des siens afin d'éviter de me retrouver dans son espace mental alcoolisé. Son expression renfrognée se révélait sous mes paumes.

- Mon chat, je suis là. Je serai toujours là, ok ?
- C'est juste que, renifla-t-il, j'ai peur de te perdre. Après Alix, je sais pas si je tiendrais le choc.
- Ça n'arrivera pas.

Nous fîmes monter Sami dans la berline. Je lui demandais approximativement toutes les dix secondes comment il se sentait de peur qu'il ne recouvre les sièges en cuir de bile de whisky. En fin de compte, le trajet se passa étonnamment bien. Nous étions tous les trois silencieux dans le véhicule, la radio émettait de la musique à faible volume et la voix féminine du GPS guidait Léo vers la maison de Sami. Lequel avait fini par sombrer dans un sommeil profond le temps du trajet et il ronflotait. Lorsque la voiture s'arrêta, j'eus à le réveiller comme un enfant qui devait gagner son lit après avoir veillé trop tard. À son tour, Léo sortit du véhicule pour s'assurer qu'il atteigne son palier sans encombre. Le son d'un feuillage malmené me parvint alors ; mon ami ivre mort baptisait un des buissons de sa maison en régurgitant tous les vices de sa soirée. Un moteur pétaradant de scooter au point mort intrigua également mes oreilles. Un curieux devait se délecter de la scène.

–   C'était sûr que ça arriverait, plaisanta Léo sur le retour, j'ai vu tellement de potes dans cet état… J'ai pu m'écarter de la trajectoire de son tir de justesse !
–   Et Sami n'apprend pas de ses erreurs, c'est pas la première fois qu'il me fait le coup !
–   Toi tu te sens comment ?
–   Mieux, je suis redescendue. Je crois que je me suis bien affichée ce soir.

Léo ne répondit pas, ce qui parvint à provoquer en moi un vif sentiment de malaise. Nous étions arrêtés à un feu rouge. Il se tourna vers moi.

– Au sujet de ton… pouvoir… je ne sais pas comment tu appelles ça. J'ai du mal à comprendre de quoi il s'agit, mais je n'aurais pas dû réagir comme je l'ai fait, excuse-moi.

– Je crois que tu as juste réagi comme toute personne sensée aurait réagi.

– J'y ai pas mal réfléchi et je t'avoue que ça me fait un peu flipper. Mais il y a autre chose qui me fait cogiter non-stop, c'est que tu me manques. Et je me suis dit que si t'es une sorcière comme l'a dit Justine, et bien je ferais avec.

– C'est mignon… je crois.

Je feignais l'indifférence, mais en moi, c'était le Carnaval de Rio. Léo passa la troisième, puis il posa sa main sur ma cuisse. Aucune gêne ne s'interposait au contact de son membre diminué, au contraire. Silencieuse, je caressais son poignet, ses doigts. Nous arrivâmes devant ma maison, je reconnaissais la petite secousse du nid de poule lorsqu'on bifurquait dans ma rue. Je n'avais aucune envie que le trajet s'arrête, des fourmillements allaient de mon ventre à mes orteils. Alors que la voiture s'immobilisa, je me mis à califourchon sur Léo et l'embrassa sauvagement. J'avais placé ma main gauche contre ses yeux afin de ne pas exercer ma sorcellerie à nouveau. Sa salive chaude se mélangeait à la mienne tandis que je glissais mon autre main vers son entrejambe. Il gémit lorsque je serrai son sexe dur de mes doigts. Mais il fit un mouvement de recul et s'enfonça dans son siège.

– C'est pas une bonne idée Mona.

Je sentais son souffle chaud sur mon visage ; il en avait envie et il luttait intérieurement. Je l'embrassais en faisant fi de ses mots. Il se déroba une nouvelle fois en tournant la tête.

– Pas comme ça.

Alors, je regagnai mon siège en soupirant, frustrée, mais nauséeuse aussi. Je déposai un baiser sur sa joue avant de quitter mon carrosse. En pénétrant dans le salon, je perçus une présence sur le canapé. Je me figeai.

– Papa… c'est toi ?

– Ça fait deux heures que je t'appelle. Sami ne répond pas non plus. J'allais prendre la voiture pour te récupérer.

– Il est quelle heure ?

– Va te coucher. On en parle demain.

Mon père m'aida à monter les marches, mais je sentais qu'il m'en voulait. Les résidus d'alcool dans mon sang me faisaient prendre la situation à la légère, néanmoins, lorsque mon père était énervé, cela ne restait pas impuni.

Je ne me rappelais pas m'être couchée, en revanche, rêves et cauchemars côtoyèrent mon sommeil au fil de cette nuit sans fin. À noter que mes rêves contenaient des couleurs, des formes, des détails visuels, j'y voyais comme lorsque je pénétrais les esprits des gens. Ma douce nuit s'acheva sur la vision d'éclairs successifs venant me frapper au visage. C'est en me réveillant que je compris que mon frère me mettait des petites claques pour me réveiller.

– Lève-toi sœurette, tu vas te faire défoncer ! T'es tellement dans la merde.

Pour que cet abruti soit debout avant moi, il devait être sacrément tard.

– Raph, faut qu'on reparle de…

Les mots sortirent douloureusement de ma bouche, tels des pavés de poussière. Mon frère ne prit pas la peine de m'écouter, il était trop occupé à rire grassement. Il quitta ma chambre en sautillant. Je ne l'avais jamais senti si extatique. La friction de mes mains contre mon visage me donna la nausée. Je dus m'agripper à la rambarde des escaliers qui menaient au rez-de-chaussée afin de ne pas tomber. En arrivant dans la cuisine, j'ai d'abord cru qu'il n'y avait personne, puis j'entendis le nez de mon père siffloter. Ma mère, elle, avala une gorgée de thé. Leur courroux allait me frapper brutalement, à tout moment. J'étais trop mal pour m'excuser ou même les saluer. J'ouvris le placard pour attraper mes céréales, mais ma main laissa échapper ma cible. Une centaine de petits ronds soufflés au chocolat échouèrent sur le carrelage de la cuisine. Cette fois, c'en était trop, ils allaient me tuer. Le silence qui suivit me paralysa. Ma mère posa sa tasse, se leva, puis quitta la pièce. Mon père resta assis et ne m'aida pas à ramasser les céréales. Leur non-réaction s'avérait plus véhémente que n'importe quelle engueulade.

Lorsque je pris enfin mon petit-déjeuner, j'entendis mon frère ricaner de la situation lorsqu'il passa une tête dans la cuisine. Soudain, mon portable se mit à vibrer.

– Message vocal de Léo, fit mon smartphone de son timbre monocorde.

Je me levai pour m'isoler et lus le message audio.

– Hey, comment tu te sens ? Est-ce qu'on peut se voir aujourd'hui ? Je suis vraiment désolé, mais c'est important. Tu es dispo ?

Je ne comprenais pas ce qui pouvait mériter un tel message. Et j'étais suffisamment dans le mal pour avoir la flemme de retrouver Léo. Mais l'hypothétique urgence ne me laissait guère le choix.

– Répondre à Léo : « ok à quelle heure ? »
– Tu te fous de nous ?

La voix de ma mère surgit à l'autre bout du couloir. Il faut dire qu'il demeurait délicat d'échanger discrètement en étant privée de vue.

115

– Maman, s'il te plaît, il a un problème, tu l'as entendu !

– Comment veux-tu qu'on te fasse confiance maintenant ? Et qui c'est ce Léo ?

– C'est… mon copain.

Je n'avais aucune envie d'inviter mes parents dans ma vie sentimentale, mais je n'avais pas d'autre carte à jouer. Ma mère resta interdite un instant.

– C'est à cause de lui que tu es rentrée à pas d'heure hier ?

– Non au contraire, c'est lui qui m'a raccompagnée.

Un nouveau silence paralysa la pièce.

– Tu es de retour à 18 h 30. Pas une minute de plus.

La BMW vrombissait devant chez moi. Je n'étais pas maquillée et je ne pouvais pas évaluer par moi-même à quel point mon teint était cadavérique. Pour parfaire le tableau, j'avais hâtivement enfilé un sweat à capuche, mon slim troué, ma veste en jean et mes Converses. Après lui avoir parlé de mes pouvoirs occultes, Léo me voyait à présent sous mon plus beau jour. Qu'est-ce qu'il pouvait bien faire avec moi ? Je le rejoignis et dès notre baiser, quelque chose semblait le contrarier.

– Je suis désolé de te demander ça… amorça-t-il sans finir sa phrase.

Il n'avait pas encore démarré, mais je pouvais entendre ses mains cramponnées au volant.

– Qu'est-ce qu'il se passe ?

– C'est mon père. Je t'avais parlé de son état, tu te souviens ?

– Oui.

– Je crois qu'il va se foutre en l'air. Ça fait plusieurs jours qu'il ne mange pas, qu'il ne sort plus de chez lui. Il m'adresse plus la parole.

J'avais l'habitude d'entendre la voix de Léo sur un ton apaisant et entreprenant, il n'en restait rien ici. Sa détresse remplissait l'habitacle de la voiture.

– Tu as essayé d'appeler un médecin ou quelque chose dans le genre ? hasardais-je.

– J'ai voulu le faire interner, il a réussi à sortir. Ils ne peuvent pas le garder de force.

– Je savais pas Léo.

Une alternative se présentait à nous. Une évidence, une ineptie ? Certainement.

– Tu… tu veux que j'essaie d'utiliser mon truc sur lui ?

– J'y ai pensé oui.

– Je ne le maîtrise pas encore totalement, j'ai pas envie d'aggraver les choses.

Je repensais à l'état de Justine hier, le changement drastique que mon incursion dans son esprit avait opéré sur elle. Léo semblait avoir partagé cette pensée.

- Vu comment tu as pu agir sur le comportement de Justine, je me dis que l'effet inverse est possible non ?

Je ne pouvais nier avoir pénétré l'esprit de Justine, pas à Léo.

- Je crois oui. Ça a marché sur ma mère. Mais ça a l'air plus facile de tout foutre en l'air que d'aider une personne.

- Comme tu le sens Mona. Je veux surtout pas te forcer la main. Je comprends que je te demande l'impossible.

La déception raisonnait dans sa voix. Après tout, cela avait de grandes chances de se passer comme avec lui ; que je sois confrontée à une porte fermée à double tour.

- Essayons. Je te promets rien.

Léo m'embrassa fougueusement sur la joue.

- Merci. Merci beaucoup.

VII

Les portails automatiques grincèrent et ouvrirent la voie. Cette maison — la plus grande de Cerifault — elle nous avait toujours fait rêver avec Sami, il serait tellement jaloux de me savoir ici. On imaginait que la demeure était occupée par un baron de la drogue ou bien un vieux Kurt Cobain qui aurait simulé sa mort pour fuir le showbiz. En réalité, l'habitant n'était autre qu'un…

– Il fait quoi ton père déjà ? demandais-je à Léo.

– Il est chef d'entreprise.

… un patron dépressif. Moins classe.

Nos pas résonnaient sur le gravier de la cour et le vent agitait les arbres. Léo et moi étions nerveux. Les nausées liées à ma gueule de bois avaient une fâcheuse tendance à s'amplifier.

– Ta maman elle est où ?

– Elle a fait un AVC fatal il y a cinq ans, elle n'est plus là.

– Ah. Je suis désolée Léo.

– De toute façon même quand elle était vivante, à la fin, je voyais à son regard qu'elle était déjà partie. Elle était atteinte de démence.

– D'accord.

« D'accord », je n'avais rien trouvé de mieux à dire. Comme quoi l'argent ne fait pas le bonheur ; cette famille semblait rongée par la poisse.

Nous parcourûmes le grand hall de la maison. Ici, le vent ne comblait plus le vide sonore et à la résonance de nos pas, je pus réaliser la taille des pièces que l'on traversait. Je sentis alors une présence. Elle restait parfaitement immobile et muette et pourtant, elle était là, ça ne faisait aucun doute.

– Bonjour papa, fit Léo avec peu d'assurance.

Ses mots se noyèrent dans un silence glacial. L'homme n'avait pas bougé. Il était comme mort. Léo fit quelques pas en avant.

– Je te présente Mona. C'est ma copine, je voulais que tu la rencontres.

Rien. Un mur. En me rapprochant davantage, j'entendis sa respiration, lente et sifflotante.

Il était assis dans le canapé qui nous faisait face.

– Il dort peut-être ? hasardai-je.

– Non non, ses yeux sont ouverts. Il peut rester comme ça pendant des heures en ce moment. Quand je m'absente, il change de pièce parfois.

– Mais il t'entend ?

– Oui, je crois, je ne sais pas.

Je n'avais pas imaginé que la situation pouvait être aussi grave. J'étais supposée pénétrer l'esprit d'un légume. L'idée me terrifiait, mais je souhaitais aider Léo, percer le mystère de cette terrible dépression, savoir si j'en étais capable.

– Euh je le fais ? Tout de suite ?

– Quand tu veux Mona.

Va-t'en. Maintenant.

Quelque chose me retint. Je me pensais déterminée et pourtant, je faillis partir en courant, pendant une fraction de seconde. C'était idiot et Léo comptait sur moi, il fallait que je surmonte cette crainte. J'ai dégluti difficilement puis je me suis assise à côté du père de Léo. Je devais me rapprocher de lui au plus près pour entrer dans son esprit, j'avais la sensation de devoir rouler une pelle à mon nouveau beau-père… l'angoisse. Afin de me placer à sa hauteur, je me suis agenouillée sur le fauteuil sur lequel il était assis et lentement, j'ai commencé à approcher mon visage du sien. Il sentait l'odeur assez prégnante des personnes mûres négligées. La gueule de bois aidant, j'eus un désagréable relent. Mes yeux s'ouvrirent, je vis ceux de cet homme, ils étaient d'un vert perçant, ce n'était pas ceux d'un individu perdu. Ils étaient rivés sur moi et me firent froid dans le dos. Un éclair blanc s'abattit sur ma rétine. Puis plus rien.

Non Mona... pas ça.

De l'air caressa mon visage. Cette agréable brise se mua en une puissante rafale. Un vertige me saisit alors l'estomac ; je tombais. Tel un pantin désarticulé, mon corps tout entier plongeait dans un précipice sans fin et sans fond. Cette chute sembla durer une éternité et je ne parvenais pas à hurler tant j'étais sous le choc. Il n'était pas impossible que je me sois même évanouie. Je pouvais voir mes mains qui tentaient vainement de s'agripper au vide, ma vision était donc bien revenue, mais cette fois c'était bien moins évident, car tout n'était que néant autour de moi.

Loin en dessous, je vis un filament qui scintillait. Il se déchira sans peine sous le poids de mon corps. Davantage de bandes transparentes vinrent à ma rencontre, leur nombre et leurs tailles augmentaient. Mon poids les éventrait par dizaine, mais elles commençaient à me freiner. Au bout d'un moment, il y avait tellement de bandes — de cellophane, semblait-il — les unes au-dessus des autres qu'elles étaient devenues opaques. Ces bandes-là ne cédèrent pas à mon passage, mais elles se refermèrent sur mon corps et ne tardèrent pas à ralentir ma chute. Je me trouvais soudain enfermée, comme prise dans une gigantesque toile d'araignée, seule ma tête dépassait du piège. Je continuais de descendre doucement, suspendue par ce film plastique. De minuscules carreaux de damier apparurent en dessous de moi. Je me débattais et commençais à suer. Prise de panique, j'ai hurlé comme jamais je n'avais hurlé. Je parvins à créer un espace entre mes bras et mes flancs en y mettant toute ma force, je repoussais mes liens, petit à petit. Alors que ma chute s'acheva brutalement sur un canapé, peut-être conforme à celui sur lequel j'étais assise dans le monde réel, mes mains se frayèrent un passage, libérées du film plastique, puis mon corps tout entier suivit. D'énormes gouttes froides de sueur m'avaient recouverte. Je me mis à pleurer d'horreur, d'adrénaline et de soulagement aussi. Thierry ne siégeait plus à côté de moi. J'étais seule face à une grande cheminée de marbre qui ne semblait pas avoir réchauffé la salle depuis bien longtemps. Je me débarrassais des derniers morceaux de cellophane qui me retenaient en regardant autour de moi. Cette maison était aussi immense que ce que j'avais imaginé, les poutres de chêne apparentes affublaient aux murs des allures de gigantesque squelette, le sol en damier s'étendait à perte de vue. Cette décoration minimaliste et froide était parsemée de photos sur lesquelles figuraient Léo et sa famille. Un portrait de sa mère m'interpella, c'était une belle jeune femme au visage rieur, elle n'aurait pas eu plus de 45 ans aujourd'hui.

Je vis Léo tout là-bas. Il se tenait debout, de dos et immobile. Il était facile à reconnaître avec son bras atrophié et ses larges chemises à carreaux reprisées. Je repris mon souffle et l'appelai : « Léo ! ». Pas de réponse. Je me dirigeai vers lui. Mes pas me semblaient lourds et étouffés. J'avais la sensation que les dalles de carrelage noir et blanc se multipliaient sous mes pieds. On aurait dit que les murs étaient constitués de chair, car ils se distendaient subrepticement au fil de mon avancée. Le temps paraissait fluctuer aussi, si bien que je me suis demandée si Léo n'était pas, lui, sur pause. En arrivant à ses côtés, je pus constater qu'il n'était pas figé, ses mèches tremblaient comme s'il contenait quelque chose. Il se raclait la gorge, discrètement et continuellement. Ma main se posa sur son épaule et, dans un infime mouvement, Léo se tourna vers moi. On aurait dit qu'il tombait au ralenti. Lorsque je vis son visage, l'horreur me saisit ; ses yeux avaient disparu. C'était comme s'ils n'avaient jamais existé. De vagues crevasses sombres les avaient remplacés. Je fis quelques pas en arrière. Sa tête balançait comme un poids mort.

— Papa, elle va arriver, bredouilla ce Léo évidé, j'ai fait tout ce que tu voulais.

– Léo, c'est moi, Mona. Tu m'entends ?

Léo fit un bref mouvement de recul. Après quelques minutes, un sourire commença à se dessiner sur son visage. Ce sourire avait beau être discret, il me tétanisa.

– Tu ne saisis pas comment tout ceci fonctionne n'est-ce pas ? poursuivit Léo d'une voix qui n'était plus la sienne, Léo n'est pas ici. Il n'y a que toi et moi Mona.

– Qui êtes-vous ?

Léo leva lentement les bras en l'air comme s'ils étaient tirés par des ficelles et montra ce qui l'entourait.

– Tu es venue jusqu'ici, libre à toi de le découvrir !

Je me mis à détaler dans les couloirs, je craignais que ce Léo possédé me poursuive, mais après un bref regard en arrière, je pus constater qu'il était toujours planté au même endroit et déjà bien loin de moi. J'avais perdu tout repère ; la maison renfermait bien plus de couloirs que ce que j'avais eu l'impression de parcourir lorsque j'étais privée de ma vue. En vérité, j'avais tendance à oublier que rien de tout ceci n'était réel, du moins, cette réalité-là pouvait s'achever facilement, il me fallait trouver la sortie. J'eu dès lors l'intime conviction que si je ne m'abandonnais pas à mes émotions, il ne pouvait rien m'arriver. Une partie de moi

125

s'interrogeait cependant sur l'impact qu'auraient des blessures dans ce monde-là sur la véritable Mona.

J'ai jeté un nouveau regard derrière moi ; un mur habillé d'une peinture abstraite me précédait comme s'il avait toujours été là, mais à l'évidence, il scellait le couloir d'où je venais. J'étais essoufflée, mais il ne fallait pas que je ralentisse, le labyrinthe finirait par reprendre le dessus. En bifurquant, je pus enfin distinguer la porte d'entrée au loin, je mis fin à ma course et recouvris mon souffle. Mon soulagement demeurait mesuré et j'ignorais si la fin de mon périple était véritablement à portée de main. En pantelant, les yeux rivés vers le sol, je pris conscience que je n'avais pas d'ombre, un silence surnaturel s'était aussi emparé de la maison. Ces détails, il me fallait les constater afin de garder mes distances avec ce cauchemar éveillé, l'ennui, c'est que l'étrangeté des rêves ne se dévoile qu'au réveil, ici, la peur était réelle et je ne pouvais avancer sans la crainte que quelque chose de parfaitement improbable m'arrive. La porte d'entrée n'était plus qu'à une dizaine de mètres de moi.

Alors, un hurlement lointain retentit sur ma gauche. Je ralentis le pas. Une petite porte à la peinture bleue rongée par le temps vibrait au gré des cris comme celle de la chambre de Justine. Il s'agissait d'une voix féminine en détresse. Dans ces espaces mentaux, les portes semblaient souvent dissimuler des secrets inavoués de leur hôte ; l'amant de ma mère, la mère de Justine… qu'est-ce que planquait le père de Léo ? Bien sûr que je n'étais plus là pour soigner cet esprit tordu et que j'aurais dû aller directement vers la sortie, mais je ne parvins pas à ignorer ces hurlements. Je fis quelques pas vers la porte, sa poignée ronde et branlante pivota sous l'impulsion de ma main. En ancienne amatrice de films horrifiques, je savais que les caves n'auguraient rien de bon. Les étroits petits escaliers plongeaient dans l'obscurité, les sanglots provenaient d'en bas et résonnaient comme dans une grande caverne. Une odeur familière émanait du sous-sol, elle ressemblait à celle — si particulière — du canal. La pensée « rien de tout ceci n'est réel » me donna à nouveau de l'élan.

Une marche céda sous mon poids, je fis une nouvelle longue chute qui s'acheva sur un sol argileux. Je sentis une douleur aiguë dans le poignet. Il était donc possible de souffrir dans l'esprit d'un autre, pouvais-je mourir ? À cet instant, mon anxiété nourrit ma douleur. Alors que mes yeux s'habituaient aux ténèbres et à cet étrange brouillard bleuâtre, je pus distinguer des sortes de piloris biscornus qui sortaient de terre. L'effroi me saisit lorsque je réalisai que des personnes y étaient attachées. Ces silhouettes semblaient toutes féminines, des câbles électriques, des gaines et de la tuyauterie avaient emprisonné leur corps. Mais les cris provenaient de plus loin, ces prisonnières-là demeuraient inertes et leurs têtes qui penchaient tragiquement vers le sol étaient emballées dans du film plastique comme celui qui s'était mis en travers de ma chute. Après quelques pas errants dans cette funeste cave, une autre détenue m'apparut. Elle se distinguait des précédentes, car elle s'agitait tant bien que mal. Je courus dans sa direction et me découvris une nouvelle douleur dans la cheville par la même occasion. Je me précipitais vers les hurlements davantage pour fuir désespérément la panique qui commençait à s'emparer de moi que pour porter secours à cette pauvre jeune fille. Je me trouvais à quelques mètres d'elle seulement et je pus discerner une mèche rousse qui dépassait du cellophane autour de sa tête. En une fraction de seconde, l'évidence s'imposa à moi : c'était Alix. Mes yeux s'imbibèrent de larmes qui vinrent troubler ce mirage. Ses liens de métal la compressaient tel un boa constricteur, ses bras restaient plaqués le long de son corps et elle ne semblait faire qu'un avec le poteau d'acier. En enlevant le cellophane qui épousait son visage, je constatai qu'elle n'avait plus d'yeux non plus, comme le Léo que j'avais croisé plus tôt. J'ai arraché les interminables câbles qui enfermaient son corps. Un énorme boulon était coincé entre ses dents, celui-ci appartenait à un tuyau rouillé qui longeait sa mâchoire. J'ai tiré dessus, ses dents grincèrent contre le métal, puis la pression s'arrêta. Sa bouche était libre. Quelques filets de salive liaient les deux croûtes qui servaient de lèvres à mon amie. Le visage d'Alix se crispa de soulagement et de douleur. Mes larmes ne cessaient d'abonder le long de mes joues. Elle était là, à quelques centimètres de moi, plus vraie que nature, tout ceci était bien réel, il ne pouvait en être autrement. Je ne parvenais pas à rester sur mes gardes.

– Qu'est-ce qu'il t'a fait Al ?

– Mona… c'est bien toi ? Qu'est-ce que tu fais ici ? Tu ne devrais pas être là.

Les mots me manquaient, je me remis à la tâche en arrachant les tuyaux qui retenaient Alix. Mes doigts commencèrent à saigner, mais cela n'entrava pas mon objectif. Lorsque ses membres furent libres, Alix se hissa hors de son piège de métal. À bout de force, elle chuta lourdement sur le sol poussiéreux.

Alix releva la tête vers moi tant bien que mal, ses yeux, écarquillés, étaient réapparus.

– Je suis désolée, balbutia-t-elle.

Malgré ma douleur au poignet, je l'ai enlacée fermement et l'ai serrée de toutes mes forces. J'ai plongé mon visage dans son cou pour saisir son odeur.

– Est-ce que c'est vraiment toi ? osais-je enfin.

Le regard d'Alix se recentra sur le mien et devint grave.

– C'est vraiment moi. Enfin… la projection d'Alix qui est allée dans l'esprit de Thierry et qui y est restée… il a fait en sorte que je ne puisse pas agir sur lui. Il est très puissant, Mona, il faut que tu fuies.

– Et elles ? demandais-je en regardant les autres femmes inertes.

– Je crois que c'est toutes celles qui possédaient le Medusa et qui ont essayé de l'arrêter.

– Le Medusa ?

Un léger claquement résonna au loin. Alix leva la tête soudainement, la brume opaque bleue ne dévoilait que quelques mètres autour de nous.

– Il arrive.

Alix me prit la main et nous courûmes en direction de l'escalier brisé de la cave. Le faisceau de lumière sous le pas de la porte qui menait au salon semblait se trouver dorénavant à plusieurs dizaines de mètres de hauteur. Je ne me souvenais pas avoir fait une telle chute, il était maintenant impossible de rejoindre les marches intactes là-haut. Soudain, Alix m'arrêta net de son bras. Thierry émergea de la fumée, il se trouvait à tout juste quelques centimètres de nous. Je retins ma respiration et je ne bronchai pas, mais il me paraissait inconcevable qu'il ne puisse pas constater notre présence. Thierry s'était immobilisé, lui aussi. Il sondait lentement son environnement. Je compris qu'à l'instar des différents hôtes que j'avais rencontrés, il n'était pas en mesure de nous voir, mais s'il avait pu séquestrer Alix, c'est qu'il fallait en revanche rester hors de sa portée. Il tendit la main, je dus reculer la tête pour qu'il ne me touche pas. La fumée s'écarta autour de lui comme si une bourrasque s'était échappée de sa paume.

– Tu es juste là n'est-ce pas ? murmura Thierry.

Alix s'était carapatée sans que je m'en rende compte. Je l'aperçus au loin, ses bras étaient brandis vers la porte de la cave en hauteur. Les escaliers se reconstruisirent petit à petit, on aurait dit que le cours du temps s'était inversé.

– Mona ! hurla Alix.

Thierry essaya de m'attraper et parvint à m'effleurer. Alors, je courus en direction de mon amie. Elle me saisit le bras et nous montâmes les escaliers précipitamment, l'autre main de ma meilleure amie détruisait les marches derrière nous. Arrivées au rez-de-chaussée, le couloir de l'entrée de la maison n'était plus là ; la cheminée avait pris sa place et condamné le passage. Nous étions de retour dans le salon.

– Il faut le tromper, indiqua Alix, il y a toujours une sortie, il l'a cachée.

Nous cherchions un couloir pour quitter le séjour, la grande pièce était cette fois totalement fermée. En passant devant un imposant miroir, je remarquai que comme dans l'esprit de ma mère, je n'avais pas de reflet.

131

Rien de bien nouveau donc, mais en passant ma main à travers l'encadrement du miroir, celle-ci le traversa sans buter. Derrière moi, la poignée de la porte de la cave couina et commença à pivoter sur elle-même. J'avais déjà passé la tête dans le miroir, de l'autre côté, le salon était identique, mais inversé et surtout, le couloir se présentait de nouveau à nous. J'entendis la cave s'ouvrir, Thierry en sortit puis se tourna en direction du miroir dès son premier pas dans la pièce.

– Bien joué Mona ! me fit Alix.

Alix me poussa entièrement à travers le reflet et le traversa à son tour. Thierry n'était qu'à un ou deux mètres d'elle lorsqu'elle décrocha le miroir depuis l'autre côté et le laissa tomber afin qu'il se brise. La porte d'entrée de la maison se trouvait au bout du couloir. J'ai couru vers elle, avant qu'Alix ne me saisisse le bras pour m'arrêter.

– Tu vois le petit renfoncement à côté de l'entrée ? Il t'y attendra.

– Comment on fait ?

– Je vais passer devant.

Alix me fixait d'un air aussi déterminé que contrit.

– Je suis désolée de t'avoir amenée à lui, poursuivit-elle.

– Qu'est-ce que tu racontes ?

– Je crois que c'est de ma faute si tu es là. Excuse-moi Mona. Il est sûrement en toi à l'heure qu'il est. Il va falloir que tu sois plus forte que moi, tu m'entends ?

Alix me serrait les deux bras de toutes ses maigres forces. Comment avait-elle pu influer sur cette situation alors qu'elle était morte ? Comment pouvait-elle se trouver face à moi ?

– Je ne partirai pas sans toi.

– Cette porte ne mène à rien pour moi. Et sache que je suis toujours avec toi ma belle.

Elle me fit un sourire, puis elle courut vers la porte d'entrée. Thierry surgit du renforcement et la saisit brutalement. Impuissante, je la voyais se faire écraser contre le mur de pierre.

– Dis-moi où elle est sinon je vais en finir avec toi une deuxième fois, articula Thierry à l'oreille d'Alix.

D'un regard, Alix me supplia de partir. Des fissures se dessinaient dans la pierre derrière elle. Je voulais m'effondrer, mais je suis allée vers l'imposante porte d'entrée de la maison. J'ai ouvert à l'instant où ma meilleure amie émit un effroyable cri et j'ai sauté dans l'abîme.

Il y eut comme un flash d'appareil photo ravalé puis mes paupières se refermèrent. J'étais revenue. Ce monstre se tenait toujours à côté de moi sur le canapé.

Une respiration haletait un peu plus loin. Je crus entendre la voix de mon frère, l'espace d'une seconde. Je bondis du canapé, effarée. Quelque chose s'abattit sur mon crâne. Un nouveau flash envahit mon champ de vision et je perdis conscience.

VIII

...

Un clapotis me berçait. Alors que je recouvrais mes esprits, une douleur enveloppa ma tête et la serra comme un étau. Un gémissement m'échappa, j'étais allongée. Sous ma paume, je sentis le bois du ponton au bord du canal. Qu'est-ce que je faisais là ?

L'hématome à l'arrière de mon crâne relayait le tambourinement de mon cœur et brouillait mes repères habituels. J'eus beau me mettre en position assise le plus lentement possible, la boule de douleur dans ma tête sembla basculer et elle redoubla d'intensité. Je me remémorais la soirée chez Nawel, Sami qui vomissait dans le buisson, Léo et moi, mon retour à la maison… puis plus rien.

...

Plus je m'efforçais à rassembler les pièces du puzzle, plus ma patience s'effritait. Rapidement, j'eus envie de hurler. Un frisson me parcourut tandis que je cherchais mon portable dans les poches de ma veste en jean... il n'était ni là ni dans celles de mon pantalon. Une personne ordinaire parait pathétique si elle panique parce qu'elle n'a pas son smartphone sur elle, pour l'aveugle que j'étais, c'était tout simplement dangereux. Je n'avais aucun repère, si ce n'est ce clapotis sinistre et ce froid matinal qui me mordait la peau. Le ciel quant à lui, je le savais d'un bleu délavé, il l'était toujours à cette période de l'année. Mon hématome continuait de battre la mesure dans toute ma boîte crânienne. J'eus la mauvaise idée de le toucher du bout des doigts, des larmes vinrent gonfler mes paupières fermées. À en juger par la douleur, la blessure devait être terrible. J'ai essayé de me mettre debout, mais cela raviva une fois de plus mon mal de crâne. Je contins un cri et perdis l'équilibre un instant.

— Ma fille, est-ce que je peux t'aider ? fit une voix frêle et mûre.

Je me suis tournée en direction de la vieille dame, des larmes s'étaient échappées de mes paupières closes et roulaient le long de mes joues. La douleur n'était pas l'unique raison de ces pleurs et je ne parvenais pas à en trouver l'origine.

–   Est-ce que vous avez un téléphone portable s'il vous plaît ? m'enquérais-je.

Les mots s'extirpaient péniblement de ma gorge, je me sentais dévitalisée.

–   Oh mince, je l'ai oublié chez moi. Je n'ai pas le réflexe de le prendre ! Est-ce que je peux vous accompagner quelque part ?

–   Non, c'est bon.

Qu'elle s'en aille.

J'ignore pourquoi j'avais été si froide avec cette vieille dame et pourquoi sa présence m'irritait tant. Je pris la tangente. Ma propre attitude me fit pleurer de nouveau, comme une gamine capricieuse. Le chemin du retour paru durer une éternité. Les rues étaient silencieuses, mais je me sentais épiée. Mon lit représentait mon unique objectif, ma seule destination, le reste n'était qu'obstacles et afflictions. En longeant le portail d'une maison, je reconnus l'aboiement hargneux d'un malinois qui mettait en garde le moindre passant. J'étais à quelques rues de chez moi. Le chemin avait beau être bref, je trébuchais sur la plupart des trottoirs et m'esquintais les coudes contre le crépi hostile des murs.

Au moment où j'ai poussé ma porte d'entrée, j'entendis le téléphone fixe raccrocher.

Des pas précipités vinrent dans ma direction. Je m'attendais à recevoir une gifle, mais papa me prit dans ses bras et me serra de toutes ses forces contre lui. À en juger à son odeur, il ne s'était pas douché depuis un moment. Je sentis une de ses larmes froides contre ma joue.

    – Tu nous as fait tellement peur !

    – Quelle heure il est ? bredouillais-je.

    – 7 h 30…

    – Où as-tu passé la nuit Mona ?

La voix interrogative de ma mère survint du canapé derrière nous. L'étreinte de mon père devenait douloureuse et je redoutais que le Medusa ne se déclenche.

Le Medusa… d'où provenait cette appellation de cet étrange pouvoir déjà ?

Il te fait mal.

    – Lâche-moi, sifflais-je entre mes dents.

Mon père fit un mouvement de recul, mais ses bras m'encerclaient toujours. Je suffoquais.

    – Tu as pris quelque chose Mona ? s'enquit-il.

    – Mais lâche-moi putain !

J'ai poussé mon père de mes maigres forces restantes. Je parvins à atteindre les escaliers afin de m'éclipser dans ma chambre sous un silence abasourdi.

Des cauchemars terrifiants ponctuèrent ma nuit ; Alix se tenait nue devant moi, debout dans la baignoire de sa salle de bain. Ses yeux étaient ouverts et sans pupilles. De larges plaies sur ses avant-bras laissaient échapper un flot continu de sang. Ses pieds pataugeaient dedans. Elle semblait me regarder, me supplier.

Je me suis réveillée brusquement, mes larmes se mêlaient à ma sueur. Je ne me sentais pas seule dans ma chambre, il y avait quelqu'un, une présence, une ombre, près de mon lit. L'espace d'une seconde, j'ai cru sentir l'odeur de quelqu'un. Thierry. Le visage de cet homme terrifiant me revint en mémoire. Je n'y voyais plus, comment pouvais-je visualiser un nouveau faciès à partir d'une odeur ? L'avais-je rencontré dans le Medusa ? Ce visage me tétanisa d'effroi. Je m'enfouis sous mes draps comme si cela pouvait me protéger.

À un autre moment de la nuit où je me pensais réveillée, j'entendis mes sanglots résonner de façon étrange dans la pièce. Je n'étais plus dans ma chambre, le lieu était immense et froid, certainement muré de pierre. Je reconnus la réverbération du salon de cette maison au sol carrelé de damiers. D'où provenait ce souvenir ? Je me sentais terriblement vulnérable et écrasée par cet espace. N'ayant pas le courage de quitter mon lit, je m'enfonçai toujours plus dans mes draps.

Une voix masculine distante m'appelait à présent. Je la distinguais à peine, mais c'était bien mon prénom qui retentissait au loin. Ce timbre grave, qui était situé à l'orée de mes rêves, se rapprochait. Il vint finalement m'arracher à l'obscurité.

- Mona, calme-toi, murmura la voix, ce n'était qu'un cauchemar. Je suis le docteur Traoré. Tes parents s'inquiètent à ton sujet, je vais simplement t'ausculter si tu es d'ac…

Le médecin reçut un coup de pied de ma part. Je doutais de cette réalité et me représentais Thierry dissimulé derrière cette voix inconnue. Des mains vinrent m'immobiliser.

- Mona arrête ! somma ma mère.
- Ça va, c'est rien, fit le docteur Traoré dont la voix était couverte par ses mains.

J'aurais voulu m'extirper de ce guet-apens, mais mes forces m'abandonnèrent subitement. Une fatigue immense me submergea, ma respiration s'emballa. Le médecin saisit ma main et la posa sur son torse.

- Mona, concentre-toi sur mon diaphragme. Essaie de caler tes inspirations et expirations dessus.

Il prit une grande bouffée d'air et souffla lentement. J'ai fait ce qu'il me demandait dans l'espoir qu'il me laisse tranquille.

— Regardez sur son oreiller. C'est du sang ?

— Mona, as-tu reçu un coup dernièrement ? Je peux jeter un œil ?

Le médecin fit pivoter ma tête. Il releva mes cheveux précautionneusement.

— On a un bel hématome ici.

— Je ne sais pas d'où il vient, bougonnais-je.

— Est-ce que des personnes t'ont agressée, Mona ? s'inquiéta ma mère.

— Non.

— As-tu des vertiges ? Des problèmes moteurs ?

— Non, ça va.

C'était faux. Le médecin demanda de la glace à ma mère. Elle descendit en chercher. L'analyse continua et n'en finissait plus.

— Je peux regarder tes yeux ?

— Personne ne sait ce qui déconne avec mes yeux.

— Tu sais Mona, j'ai eu une patiente qui avait des symptômes similaires aux tiens il y a quelques années de ça.

Un frisson m'anima, il avait à présent toute mon attention.

— Qui ça ?

141

– Je ne suis pas censé divulguer ce genre d'information, ricana le docteur.

Il se fout de toi.

– Ça fait six mois que je suis aveugle et qu'on m'observe comme une bête de foire. Si vous avez le moindre indice, il faut me le dire.

Le docteur soupira. Le ton de sa voix garda cette douceur déroutante.

– Je crains qu'elle ne puisse pas t'être d'une grande aide, elle est décédée. Oh après tout, il doit y avoir prescription. C'était la femme de l'homme le plus riche de Cerifault.

Tiens, tiens...

Le vaste salon au sol en damier me revint brièvement en mémoire, ainsi que le cliché de la mère de Léo. Ses paupières étaient closes sur la photographie, on aurait dit qu'elle avait cligné des yeux au moment de la prise de vue, mais peut-être qu'elle était une « somnambule » comme moi. Pourquoi Léo ne m'en aurait-il pas parlé ? Et si la femme du gars le plus riche de la ville n'avait pas pu se faire soigner, pourquoi est-ce que je perdais mon temps à espérer guérir ?

- De quoi elle est morte ?
- À priori, ça n'avait rien à voir avec ça. Elle a fait un AVC.
- Et comment sa cécité est arrivée ?
- Écoute Mona, je l'ignore. C'était une femme très… mystérieuse, poursuivit le docteur Traoré, elle parlait peu, mais je pouvais sentir qu'elle souffrait intérieurement. Un peu comme toi.
- Qu'est-ce que tu sais de moi ? Ferme-là avant de parler. Personne ne peut m'aider. Personne !

Ces mots étaient sortis tout seuls et provoquèrent un fracas retentissant. Ce devait être les glaçons que ma mère fit tomber en m'entendant parler ainsi. Le docteur s'éloigna et la prit à part. Je percevais leurs murmures assez distinctement.

- Je suis vraiment navrée…
- Est-ce que votre fille a déjà consulté un psychologue ?
- Oui, on se demandait si sa cécité ne pouvait pas être due à un traumatisme. Ça n'a pas l'air lié, mais elle est toujours endeuillée par la perte de sa meilleure amie.
- Et concernant ces sautes d'humeur ?
- Il n'y a rien eu de comparable jusqu'ici, elle allait mieux…

– Elle ne semble pas avoir pris de drogues. Ce n'est pas mon domaine d'expertise, mais son imprévisibilité évoque une bipolarité. Sinon, c'est sa blessure qui peut avoir altéré son comportement. Elle a peut-être refoulé une agression. Je vous conseille de poursuivre la consultation de ce psychologue et de la faire témoigner auprès de la police si le moindre souvenir ressurgit.

Leurs chuchotements ciselaient mes pensées et m'empêchaient de me rendormir alors que j'étais exténuée. Ils parlaient maintenant de radiographie et d'hémorragie cérébrales. Ma mère projetait à nouveau de m'emmener voir Catherine et tous les spécialistes du coin. Plutôt mourir.

– D'ici là, il faut qu'elle se repose. Elle semble à bout de force.
– Merci docteur, émit ma mère sur une note tremblotante.

Les heures défilaient, s'étiraient à l'infini. J'avais le sentiment de rester éveillée et pourtant les pires cauchemars venaient à ma rencontre. Je me sentais sale, je nageais dans ma propre crasse. Il me suffisait d'aller à la salle de bain, mais c'était comme devoir atteindre la lune, sans fusée, sans combinaison spatiale.

And then it swallowed me de Nohidea tournait en boucle dans mes écouteurs. J'étais cette ado dépressive clichée, avec un nuage noir au-dessus de la tête, une pauvre meuf risible qui se vautrait dans sa détresse, qui n'avait rien fait de sa vie et qui était incapable de sortir de son lit. J'étais ça, et je n'en avais plus rien à foutre.

Des coups à peine audibles effleurèrent la porte de ma chambre. Celle-ci grinça doucement.

– Mona, murmura mon père, ton ami Sami est là.

Tu ne veux voir personne.

Qu'est-ce qu'il faisait là lui ? Mes parents ont-ils vraiment pensé que c'était une bonne idée qu'il me voit dans cet état ?

– Salut Momo.

– Salut.

Sami avait plus de retenue que d'habitude, ce qui n'était pas pour me déplaire. Il s'assit à côté de moi. Je sentais bien qu'il était gêné et moi je voulais simplement qu'il parte, ça allait être long… très long.

– T'as rien raté de fou aujourd'hui. Contrôle surprise de physique. Je m'en suis pas trop mal tiré, je vise un 5 ou un 6 sur 20.

Un nouveau silence accapara la pièce. Sami cherchait ses mots avec précaution. Sa présence m'était tellement inconfortable que ça en devenait presque douloureux physiquement.

–   Tu as reçu un coup apparemment ? C'est là où tu dois dire « tu devrais voir celui d'en face… »

–   S'il te plaît Sami.

–   Il t'est arrivé quoi ? C'est les gros cons de l'autre fois, c'est ça ?

–   Non. J'en ai aucune idée, fous-moi la paix.

–   T'es sérieuse ?

–   Oui.

–   Momo. Tu peux tout me dire tu sais ? Tu fais des trucs chelous dernièrement. Tu m'as toujours pas raconté les bails avec Justine l'autre jour. T'es au courant qu'elle ne vient plus en cours depuis ?

Dégage.

–   Dégage !

C'était sorti tout seul. Je sentais qu'il fallait employer les grands moyens pour qu'il déguerpisse pour de bon. Sami s'est mis debout, mais évidemment, il se devait d'insister, de faire son chant du cygne.

–   C'est quoi ton problème ? J'ai toujours été là pour toi depuis la mort d'Alix. On en a tous bavé, mais t'es juste une autre personne dernièrement. C'est Léo qui t'a retourné le cerveau c'est ça ?

– Dégage. Dégage. Dégage. Dégage ! Dégage !

Je m'étais progressivement mise à hurler de tout mon soûl. J'étais prête à m'égosiller jusqu'à ce qu'il ait rejoint un autre pâté de maisons.

Des bras tentèrent de me contenir, de m'apaiser.

– Mona, implora mon père, arrête ! Il est parti !

Je me tus, mais je continuais de faire de brefs va-et-vient en position assise. Papa me relâcha, il avait compris que j'avais besoin d'espace. Il resta interdit quelques secondes puis il quitta la pièce. Il avait sûrement un millier de questions à me poser, mais il eut la présence d'esprit de me laisser tranquille.

La nuit était tombée, le calvaire était terminé, j'allais pouvoir me réfugier dans mes cauchemars sans que personne vienne m'interrompre. Ces derniers ne manquèrent pas le rendez-vous. J'avais la sensation d'avoir les poings liés et d'être privée d'air. Ma tête semblait recouverte de cellophane. Je me débattais. J'entendis comme une sonnette retentir inlassablement. Mon corps chuta lourdement du lit. Je rampai vers ma fenêtre, en nage, je suffoquais. Mes ongles se plantaient dans ma moquette et me hissaient, centimètre par centimètre.

Tu étouffes.

Ma main atteignit enfin la poignée de la fenêtre et la tourna. Un froid féroce s'engouffra dans la chambre. Mon corps était secoué de spasmes. J'étais congelée. Mais j'étouffais toujours.

Malgré cette inexorable sensation d'apnée, je parvins à me trainer jusqu'à la salle de bain. J'ai puisé dans mes dernières forces pour saisir la paire de ciseaux dans le tiroir sous le lavabo et j'ai commencé à me taillader les veines des avant-bras frénétiquement.

IX

Une autre partie de moi était restée.

Mes projections continuaient parfois de vivre indépendamment de la véritable Mona. Ces fragments de mon être subsistaient dans leur hôte tant qu'ils ne quittaient pas la « maison » mentale.

Quatre jours plus tôt, ma projection n'était pas partie de l'esprit de mon frère, même s'il avait mis fin au rituel qui nous unissait en allant vomir soudainement. Cette projection, c'était moi aussi, ou du moins une version de moi créée par le Medusa.

Dans son monde intérieur, représenté par le garage, tout était à présent vide. J'étais encore là, mais les amis de Raphaël s'étaient volatilisés. Lui, il réapparut sur le canapé, esseulé sur son portable.

Je serrais contre moi son souvenir qui prenait la forme du DVD estampillé « Alix ». Je l'avais déjà vu plusieurs fois de suite. Mes mains tremblaient, je n'arrivais pas à croire que mon frère ait pu accepter de taire cette agression. Il ne pouvait omettre que cet évènement avait été déterminant dans le suicide de ma meilleure amie. J'avais cependant remarqué que plus je repassais ce souvenir, plus le Raphaël présent dans le « garage mental » se renfermait sur lui-même. Une noirceur le gagnait visiblement, telle une culpabilité grandissante. J'essayais aussi de lui parler et s'il ne réagissait pas à ma voix — car il ne pouvait ni me voir ni m'entendre — mes questionnements semblaient affecter sa posture et son comportement.

Après plusieurs heures, plusieurs jours d'atermoiements dans ce garage, j'ai fini par attraper machinalement la télécommande qui trainait sur la table basse et j'ai changé les chaînes de la télévision. Alors que je pensais avoir déjà atteint le sommet de l'étrangeté, je découvris un canal qui, comme lorsque je lisais les DVD, permettait de voir à travers les yeux de mon frère sauf que cette fois, c'était ce qu'il se passait de son point de vue dans le monde réel et en temps réel qui s'affichait.

Les artefacts parasites à l'écran disparurent, une salle de classe se forma sous les épais pixels. Mon frère allait donc en cours, ce n'était pas une légende urbaine.

Je voyais son stylo faire des va-et-vient entre ses doigts en plan subjectif, puis de son autre main, il sortit son portable pour parcourir quelques TikTok de filles dénudées. Le professeur l'interpella :

> – Raphaël, étant donné que vous nous faites l'honneur de votre présence et que vous êtes un grand défenseur du bien commun, j'aimerais que vous nous résumiez l'utilitarisme évoqué par Stuart Mill.

Les regards se tournèrent tous en direction de mon frère. Il était évidemment au fond de la classe, ce qui rendit cette multitude de visages d'autant plus spectaculaire. Quelques ricanements s'échappèrent de l'auditoire.

> – J'ai bien mon idée là-dessus monsieur Becet, surjoua mon frère d'un ton bourgeois caricatural, mais ma vision de la philosophie est personnelle. Je suis en droit de la garder pour moi.

> – Faites le malin Raphaël. Je ne vous demande pas votre opinion, mais ce que vous connaissez de celle de Stuart Mill. Vous savez, c'est le contrat établi entre l'institution scolaire et l'élève : l'enseignant transmet son savoir et l'élève se doit de l'apprendre. Je tenais à m'assurer que vos quelques absences récentes ne nuisaient pas à ce contrat.

— Regardez ce que j'en fais de votre contrat ? fulmina mon frère.

Il se leva et déchira la pauvre feuille vierge qui lui servait à prendre ses notes. Quelques timides applaudissements retentirent, certains regards fuyaient celui de Raphaël, d'autres le toisaient plutôt avec consternation. Le professeur Becet observait la scène avec un sourire en coin fataliste. Personne ne semblait étonné, ce genre de spectacle pathétique devait être courant avec mon frère.

L'après-midi, Raphaël jouait à la PS5 dans le garage aménagé de son meilleur ami. Cette pièce lugubre était la copie presque conforme de son espace mental, c'était donc dans ce lieu qu'il passait tout son temps avec ses autres potes sécheurs de cours. Ces derniers enchaînaient les joints et buvaient de l'alcool fort à n'importe quelle heure de la journée, mais Raphaël, lui, ne touchait plus une bouteille de Label 5 et ne fumait plus depuis que j'avais mis de l'alcool à brûler sur ses vices avec le Medusa. Ses potes le raillaient, mais il n'éprouvait plus la moindre envie de reprendre ses vieilles habitudes. Tant mieux pour lui.

— T'inquiète fréro, s'exclamait Gauthier, si tu pars dans des bails de Straight Edge[1], moi y'a

---

[1] Sous-culture dont les adhérents ne consomment aucune drogue.

pas de soucis, tu fais ce que tu veux tant que tu
nous lâches pas.

– T'as cru quoi bâtard ? répondit mon frère.

– Je dis ça parce que ce soir on va rendre visite à
Michaël. On va péta ses fenêtres.

Raphaël mit *Call of Duty* sur « pause » et se redressa
sur son siège.

– Gros, y'a ses darons qui sont là…

– Je te parle pas de foutre le feu. Juste caillasser
tout ça c'est tout.

– On ferait mieux de retourner au canal, plus
nombreux cette fois, et se battre jusqu'au bout.

– L'un n'empêche pas l'autre.

Gauthier et ses deux comparses partirent chercher
des projectiles à la décharge d'à côté. Raphaël, lui, était
resté affalé dans son canapé et enchaînait les parties sans
grande ferveur. Dans la télévision de l'espace mental, je
pouvais voir cette même télévision dédoublée, car
Raphaël jouait dessus dans le monde réel. Cela avait
quelque chose de vertigineux au début puis l'ennui
commença à poindre rapidement. Il fit tomber
bruyamment sa manette contre la table basse après une
défaite lors d'un match à mort en ligne et au moment où
il se leva pour rentrer chez nous, les autres étaient de
retour. Raphaël checka de la main ses deux comparses
pour leur dire au revoir, lorsque ce fut le tour de
Gauthier, il ne broncha pas.

– Tu te barres ? Tu vas où là ?

– Qu'est-ce que ça peut te foutre ?

Le check demeura sans réponse de la part de Gauthier. Raphaël quitta le garage et son atmosphère pesante.

Je voyais les monotones lampadaires de Cerifault défiler à une vitesse outrancière depuis son scooter. À cette heure-ci, les rues quasi désertes n'étaient peuplées que de quelques chiens promenant leur maître.

Mais il y avait aussi un groupe d'ados de mon âge qui semblait rentrer de soirée. En les reconnaissant, je compris que l'on était la nuit de la fête de chez Nawel. Raphaël s'arrêta devant une maison qui dormait ; les lumières étaient éteintes et les rideaux fermés. Il chercha le numéro de Marion dans son répertoire et l'appela une fois, puis deux. Sans succès. Alors qu'il redémarrait son scooter, un éclairage discret naquit au premier étage. Marion ouvrit la fenêtre et observa Raphaël un instant.

– Qu'est-ce que tu veux ?

– Je… je pensais…

– Moins fort !

– Je pensais à toi, chuchota mon frère.

– Quoi ?

– Putain… je pensais à toi !

– Moi je dormais.

Raphaël jeta un regard vers le bout de la rue qui témoignait de son désir de fuite.

- Si mes parents te voient ici, on va prendre cher tous les deux, poursuivit Marion d'un ton plus lénifiant.

- Désolé. Je vais y aller.

C'est qu'il m'aurait presque fait de la peine. Il n'attendit pas que les fenêtres se referment pour tourner vivement la poignée de son accélérateur et s'éclipser.

Le scooter passa à toute allure devant une berline noire. J'ai aussitôt détourné mes yeux de la télévision pour m'adresser à mon frère dans son espace mental.

- Raph, hurlai-je. Arrête-toi !

Il ne broncha pas sur son canapé, cependant, en me retournant vers l'écran, je remarquai qu'il avait stoppé sa bécane dans le monde réel et qu'il regardait le véhicule à l'arrêt, je reconnus alors la maison de Sami. Les deux personnes qui se tenaient devant elle n'étaient autres que Léo et mon meilleur ami. Ce dernier ne marchait pas droit, je le vis vomir dans un buisson juste à côté de sa porte d'entrée. Ce qui me déconcerta plus encore que la scène pathétique qui se déroulait devant les yeux de Raphaël, c'était précisément ce véhicule qui était garé sur le bas-côté, dont les phares illuminaient la rue. Il s'agissait de la même BMW que celle de l'homme qui avait agressé Alix en pleine journée. Je n'y connaissais rien en voitures, mais à force de voir ce souvenir, encore et encore, aucun doute n'était possible. En me rapprochant de la télévision, je pus distinguer une troisième personne dans la BMW, sur le siège passager. La bouillie de pixels qui lui servait de visage semblait renvoyer le regard de mon frère, mais en scrutant l'image de plus près, je réalisai que ses yeux étaient clos. C'était moi. Quelle surprise de constater que Léo ne m'avait pas définitivement banni de sa vie suite à mes révélations à propos du Medusa sur le ponton. Il regagna la voiture en regardant à son tour en direction de Raphaël. Son scooter gémit puis s'éloigna.

Un sentiment d'effroi me transperça à l'idée que la BMW de celui qui s'en était pris à Alix appartienne au père de mon petit copain. C'était lui qui avait transmis son étrange pouvoir à Alix, j'en étais maintenant persuadée. Sur le « DVD-souvenir » de mon frère, son visage était autant rapproché que le mien lorsque je pénétrais l'esprit des personnes qui me faisaient face. Non seulement il avait gravement altéré le comportement de ma meilleure amie, mais en plus, il était à l'évidence le vecteur du Medusa, l'indéniable instigateur de tout ce drame. L'avais-je moi-même transmis à ma mère, mon frère et Justine ? Je commençais à réaliser quels dangers pouvaient découler du Medusa, et je ne faisais que gratter la surface de ses possibilités.

Raphaël regagna notre maison. Il croisa mon père qui attendait sur le canapé du salon, pétri d'inquiétude. Il lui demanda s'il avait de mes nouvelles.

- Nan, mentit mon frère, va te coucher c'est une grande fille.

J'ignorais ce qui me surprenait le plus entre le fait que Raphaël me couvre ou qu'il ne se soucie pas plus que ça de m'avoir vue dans la BMW du meurtrier d'Alix.

- Qu'est-ce que tu t'es fait encore ? embraya mon père qui venait de constater le visage tuméfié de Raphaël.

- Je suis tombé… encore, rétorqua-t-il en montant l'escalier.

J'éteignis la télé d'un geste brusque lorsque mon frère s'allongea sur son lit et ouvrit YouPorn sur son ordinateur portable. Je n'osais plus le regarder dans le « garage mental » de peur de le voir se palucher ici aussi. L'envie de fuir son espace me dévorait, il me suffisait de relever la grande porte du garage, puis de quitter les lieux, et normalement, cette Mona-là devait disparaître à jamais. Mais j'eus le courage de surpasser ce moment de malaise abyssal pour découvrir ce qu'il allait advenir de la Mona réelle. Je me blottis dans un vieux fauteuil éventré qui croupissait dans un coin, un silence angoissant régnait dans la pièce. Après quelques minutes, je ne pus m'empêcher de jeter un œil en direction de Raphaël, il était toujours assis et habillé dans le canapé. Peut-être avait-il senti ma présence d'une quelconque façon et refréné son plaisir solitaire ? Puis Marion apparut et vint se placer tout près de lui, ils s'enlacèrent. Je rallumai la vieille télévision et découvris que Raphaël avait reçu un message de son ex : « tu me manques aussi… ». L'image devint noire. Sur le canapé, lui et Marion avaient fermé les yeux.

Le lendemain, je me réveillai assise sur un fauteuil de bureau. Les posters virils de Young Thug et autres Tony Montana m'encerclaient avec animosité. Le garage s'était mû et ressemblait à présent à la chambre de Raphaël. Ses appartenances à son groupe d'amis et à notre famille paraissaient trop conflictuelles pour subsister dans le temps et en conséquence, l'espace mental, le cocon de mon grand frère, s'avérait instable.

La pièce était vide, mais j'entendis un rire idiot retentir par-delà les murs. J'ouvris la porte de la chambre et reconnus ma maison, à quelques détails près : contrairement à la chambre de Raphaël, l'échelle de l'ensemble du reste de l'habitat était réduite, à un point tel que je manquais de me cogner la tête contre le plafond. Les rires provenaient de ma chambre. Quand je poussai la minuscule porte, je vis mon frère, cet amour, qui sautait sur mon lit alors que j'émergeai douloureusement. Sa voix résonnait de manière irréelle.

– Réveille-toi sœurette, tu vas te faire défoncer !
T'es tellement dans la merde.

Cette Mona avait un visage blafard et usé, tel un zombie. Elle et Raphaël s'évaporèrent de l'espace mental dès qu'il quitta la chambre. Cela n'était qu'une pensée, une réminiscence, mais cette scène ne me revenait pas en mémoire. Elle avait dû se dérouler peu de temps avant dans le monde réel. Je me mis à chercher ce qui pouvait me permettre de lire les souvenirs de Raphaël ou de voir à travers ses yeux, à l'instar de la télévision cathodique dans le garage. Quel était le médium au centre de l'attention de mon frère lorsqu'il était à la maison ? Son smartphone ? Mieux : son ordinateur portable, sans l'ombre d'un doute.

De retour dans sa chambre, je balayai de la main les petits bouts de shit et de tabac logés entre les touches de son clavier. L'écran s'alluma et je vis des dizaines d'icônes proliférer anarchiquement sur son bureau Windows. Certains dossiers contenaient des fichiers dont les dates et évènements n'avaient pas de véritable lien. Les vidéos « sans-titre » affluaient. Cela représentait tout à fait mon frère : bordélique et fier de l'être. Après avoir visionné quelques souvenirs sans grand intérêt, je découvris l'icône *Live* qui semblait permettre de voir le présent de son point de vue. Après avoir cliqué dessus, un message apparut : « Put the VR device on your head ».

Le casque de réalité augmentée gisait sous des tas de boîtes vides et de journaux. Le câble qui le reliait à l'ordinateur me guida à lui. J'avais toujours rêvé de l'essayer, mais j'étais déjà aveugle quand mon frère en fit l'acquisition. À peine j'ai posé le gros appareil sur mon nez et ajusté à ma vision que j'ai vu mon frère qui se brossait les dents. J'avais son reflet face à moi, son visage était encore cabossé de sa baston, deux jours plus tôt. Sa brosse cessa ses va-et-vient pour écouter la conversation qui provenait de la cuisine.

– Tu te fous de notre gueule ?

– Maman, s'il te plaît, il a un problème, tu l'as entendu !

– Comment veux-tu qu'on te fasse confiance maintenant ? Et qui c'est ce Léo ?

– C'est… mon copain.

– Tu es rentrée à 18 h 30. Pas une minute de plus.

Mon frère cracha son dentifrice et alla à la fenêtre de sa chambre. Je me vis attendre dehors que Léo vienne me récupérer. Je relevai le casque VR ; le Raphaël de l'espace mental était derrière moi, impassible et allongé sur le lit. Il ne mesurait toujours pas le danger qui se profilait pour la Mona de chair et d'os.

– Bouge-toi Raph ! adjurai-je.

Il se frotta les yeux d'un geste oisif puis se leva. Je remis le casque VR pour revenir à son point de vue du monde réel ; il était en train de refermer sa veste dans le salon puis quittait la maison sans adresser un mot à mes parents. La BMW bifurquait au bout de ma rue, Raphaël enfourcha son scooter et la suivit. Le goudron était brillant de la récente averse et le ciel demeurait grisâtre comme toujours. Son portable sonna, il le sortit de sa poche et vit « Gauthier » sur son écran. Je continuais d'enjoindre Raphaël à filer le véhicule.

– Le lâche pas s'il te plaît !

Mon frère releva la tête en direction de la route, ignora l'appel et accéléra. La berline longea le canal puis traversa le pont de Cerifault. Elle emprunta quelques rues sinueuses ascendantes. On apercevait la grande demeure qui surplombait la ville au loin. L'imposant portail noir s'ouvrit dans un lugubre grincement. La voiture alla se garer le long du petit chemin pavé. Raphaël resta au bout de la rue tandis que Gauthier tentait encore de le joindre. Cette fois, il décrocha.

– Ouais.
– Yo, tu viens au QG tout à l'heure ? On va mater le match.
– Je sais pas, je te dis ça.
– Vas-y ça serait cool fréro.
– Y'a moyen.

J'entendis un vrombissement secouer la pièce dans laquelle je me trouvais. En relevant le casque VR, je découvris que l'espace mental de mon frère était de nouveau à l'image du garage de ses amis. La télévision

161

était à nouveau devant moi, allumée, on y voyait la maison de Léo. Mes yeux se posèrent ensuite sur mes mains, le casque VR avait disparu. Raphaël était vautré sur le vieux canapé en toile, il regardait son smartphone. Je n'avais aucun moyen de communiquer avec la Mona « physique » pour la prévenir du danger potentiel. Je n'avais donc pas d'autre choix que de compter sur lui... l'enfer. J'allai arracher son portable des mains avant de me rassoir devant la télévision.

– Vas-y Raph.

À travers l'écran, je vis mon frère garer son scooter puis faire passer ses doigts le long des barreaux de la clôture de la maison. Il repérait les caméras. Une d'entre elles était obstruée par les feuilles d'un marronnier. Visiblement habitué à l'exercice de l'effraction, Raphaël escalada la barrière aisément. Il s'approcha d'une des fenêtres de la demeure, à l'intérieur, du beau mobilier boisé habillait le salon aux murs de pierre. Une silhouette faisait les cent pas avec anxiété, c'était Léo. Raphaël se déplaça jusqu'à une autre fenêtre et me vit, inerte, le visage à proximité de celui de l'homme qui avait agressé Alix.

Une des pierres polies arborant le jardin servit de projectile à Raphaël pour qu'il brise la vitre. Léo se tourna en direction du bruit de glas. Mon frère passa son bras à travers l'ouverture et abaissa la poignée de la fenêtre de l'intérieur. Il pénétra dans la maison et envoya un coup de pied dans une des cuisses de Léo. Tous deux s'agrippèrent avec pugnacité. J'étais paniquée ; voir mon frère prendre de tels risques me retournait les tripes. Mes yeux s'emplirent de larmes et je ne parvenais plus à distinguer clairement ce qu'il se tramait. Ils se molestaient avec hargne tandis que l'homme sur le canapé et moi restions figés comme des statues. Malgré son bras atrophié, Léo ne manquait pas de vigueur. Raphaël et lui finirent par se rapprocher de la cheminée, la tête de mon frère heurta les moulures anguleuses de cette dernière. Le choc sourd raisonna dans le garage mental, les murs vacillèrent et l'image de la télévision fut parasitée. Raphaël était au sol et gémit de douleur. Essoufflé, Léo attrapa un tisonnier et envoya un grand coup au visage de Raphaël.

– Non ! hurlais-je.

L'image se brouilla presque entièrement. Sous l'amas de pixels, je vis la véritable Mona reprendre ses esprits sur le canapé. Léo marcha vers elle d'un pas résolu et lui porta, à elle aussi, un coup de tisonnier derrière le crâne. Les néons du garage grésillaient aléatoirement et reflétaient l'état de détresse de mon frère. Dans son monde intérieur, il était inanimé, allongé sur le canapé.

Une voix parasitée émergea de l'écran cathodique, celle d'un homme mûr. On distinguait quelques mots sous l'épais bruit blanc du spectre sonore télévisuel.

– Dépose la fille quelque part où elle aurait pu aller toute seule. Qui c'est lui ?

– Le frère de Mona, bredouilla la voix de Léo, il a dû nous suivre. Tu vas t'occuper de lui aussi ?

– Faut qu'il se réveille sinon ça marchera pas… Tiens, passe-moi ça.

Une puissante odeur de décapant envahit le garage, cela ressemblait à l'ammoniac que mes parents utilisaient pour faire le ménage. Mon frère se redressa aussitôt. Le portail de l'espace mental commença alors à recevoir de violentes secousses. Je me précipitai dans sa direction pour que l'accès reste bloqué, mais je compris bien vite que je ne tiendrais pas longtemps, le père de Léo allait pénétrer l'esprit de mon frère comme il semblait avoir pénétré le mien. Mes efforts pour retenir la grande porte échouèrent pathétiquement et je courus me cacher derrière une des étagères de métal du garage qui était recouverte d'une large bâche verte. Le store fut relevé d'un coup sec. De là où j'étais postée, je ne pouvais qu'entrevoir mon frère qui remuait la jambe frénétiquement de stress. Comme pour ma présence, il ne pouvait pas constater le nouvel intrus qui avait pénétré son espace mental. Il tapota sur son smartphone et le mit contre son oreille.

– Allez Mona répond, s'impatientait Raphaël.

J'eus un instant la crainte que mon portable ne sonne et me fasse repérer, mais il ne m'appelait pas réellement, il l'imaginait, il s'inquiétait pour moi. Je n'avais de toute façon pas mon téléphone sur moi ici. Quelques pas de l'envahisseur parcoururent la pièce avant qu'un grand fracas ne retentisse. La télévision venait d'être jetée au sol. Les néons clignotaient toujours plus vivement.

– C'est quoi ce taudis ? fit la voix de l'agresseur.

Un nouveau tumulte s'éleva. L'homme détruisait tout ce qui lui passait sous la main. J'entendis les DVD de Raphaël se briser en deux ; il effaçait ses souvenirs. Pour le moment, il ne pouvait se douter que j'étais là, moi aussi, mais il me restait peu de temps. Raphaël jeta son portable sur la table basse, il se leva du canapé et plaça sa tête entre ses mains. L'homme se rapprochait de moi, il poussa une des étagères, son contenu heurta le sol dans un vacarme fracassant. Il me fallait agir, mais j'étais complètement sidérée, accablée à l'idée même que chaque seconde, ce type bousillait un peu plus mon frère de l'intérieur. Une nouvelle odeur vive s'empara de mon nez. L'essence se répandait par terre, le bidon s'était fait écraser par l'étagère renversée. Une flaque aux couleurs irisées grandissait non loin de moi. Je me risquai à glisser un œil hors de ma cachette. L'homme déchirait allègrement les magazines *SoFoot* collectors que mon frère affectionnait. En regardant les pages tomber une à une à ses pieds, je réalisai alors qu'ils baignaient dans l'essence. Je ne pris pas la peine de me concerter avec moi-même que j'étais déjà partie en direction de la table basse sur laquelle était posée un Zippo, ma main l'ouvrit, la mèche s'embrasa, les yeux de l'homme étaient rivés sur moi au moment où je laissais le briquet quitter ma main pour rencontrer le sol. En tant qu'intrus, nous pouvions nous voir, l'un et l'autre. Une trainée de flammes se forma et s'empara de lui tel un loup de feu. Il hurla quelques secondes, puis son corps s'évapora dans un nuage aux couleurs de sa peau et de ses vêtements.

Raphaël se racla la gorge, il semblait étouffer. Je ne savais quoi faire et le pris dans mes bras, mais ses quintes de toux s'envenimaient. La grande bâche sur l'étagère me servit finalement à réprimer l'incendie.

– C'est fini Raph.

Au bout du compte, je pus constater l'ampleur des dégâts, l'homme avait déjà saccagé pas mal d'objets qui constituaient la personnalité de mon frère, il ne s'en sortirait pas indemne si je laissais ce forfait tel quel. C'était ça, sa méthode pour détruire ceux qu'il visitait ; il semait le chaos et ravageait leur esprit. Le sort de la Mona en chair et en os serait sûrement similaire. Les débris au sol commencèrent à vibrer alors que je ne faisais que les regarder. Je tendis le bras vers eux, ils se murent davantage, l'étagère étendue par terre se redressa, la télévision et ses éclats d'écran se réunirent. Ma deuxième main vint accélérer la régénération de l'espace mental de Raphaël. Les meubles regagnaient leur place initiale et se reconstituaient sous mes yeux comme si le temps s'inversait. Même les traces noires au sol du feu s'estompèrent. Enfin, le store déformé se referma et termina sa course, intact. Seuls les DVD étaient restés brisés, les souvenirs de Raphaël avaient disparu pour de bon. Je fouillais dans les disques et celui d'Alix, parmi tant d'autres heureusement, avait été épargné.

La télévision se ralluma et émit un grésillement, je découvris le visage de l'homme parti en fumée réapparaître entre les pixels. Il semblait déconcerté et irrité.

    – J'ai été éjecté.

    – Qu'est-ce qu'il s'est passé ?

Derrière lui plus loin, je vis Léo qui portait la véritable Mona, inanimée. L'homme enfonça alors une seringue dans le bras de mon frère qui eut aussitôt un élan de lucidité et parvint à le repousser, mais c'était trop tard, la substance avait commencé à pénétrer son muscle. Il détala dans les couloirs de la demeure et manqua de perdre l'équilibre, avec la tête en avance sur le reste du corps. Ici-bas, j'allai voir mon frère sur son canapé, ses yeux étaient révulsés, la drogue qu'on lui avait administrée agissait et il perdait connaissance. Je frictionnai ses épaules énergiquement.

    – Fréro, me lâche pas s'il te plaît !

Mes yeux restaient rivés sur la télévision, je voyais les couloirs défiler. Raphaël prit une des premières portes qui se trouvait sur son passage et la referma derrière lui, il se trouvait dans une pièce occupée par un bureau de noyer massif. Le téléviseur commençait à grésiller de nouveau, à perdre le signal. Raphaël se précipita vers la fenêtre et l'ouvrit. Mon frère s'arrêta net alors qu'il allait s'enfuir.

– Qu'est-ce que tu fous ? hurlais-je.

Il saisit un dossier qui se trouvait sur le bureau, le nom de famille d'Alix était inscrit dessus. Il avait eu l'œil.

La porte du bureau s'ouvrit, Raphaël avait déjà franchi la fenêtre.

Le scooter vrombissait nerveusement dans les rues vides de Cerifault, il zigzaguait sans cesse et ses roues caressaient les trottoirs. Grossièrement enroulé, le dossier subtilisé avait trouvé refuge dans le pantalon de mon frère et laissait échapper quelques documents sur la route. Sur la télévision, l'image de la rue s'effaçait sous un amas de pixels parasites. Mon frère et moi étions en lévitation dans son garage mental, tous les objets autour de nous flottaient comme si la gravité était réduite à néant. Il allait perdre connaissance, c'était un miracle qu'il ait tenu jusqu'ici. J'ai glissé dans les airs dans sa direction, en poussant de ma main la manette de jeu et la canette de RedBull vide qui se trouvaient sur mon passage puis j'ai attrapé mon frère par les épaules, ses yeux étaient mi-clos.

— Arrête-toi…

Dans l'écran, il commença à ralentir, mais c'était trop tard. Le trottoir finit par avoir raison de son équilibre, l'image retransmise de la rue bascula violemment. Dans le garage mental, la pesanteur revint brutalement et nos corps vinrent s'écraser sur le sol froid. La télévision était couchée, elle aussi, et ne diffusait plus que cette éternelle neige parasite.

J'ai attendu de longues heures. Raphaël était plongé dans un sommeil sans rêves. Les petites claques que je lui envoyais ne faisaient aucun effet. Il ne restait qu'un néon fonctionnel au plafond. La télévision avait fini par complètement s'éteindre, je ne parvenais même plus à lire les DVD. Ce sentiment d'impuissance infernal me tétanisait. Qu'était-il advenu de mon frère ? Si j'étais encore ici, c'est qu'il vivait et je le voyais respirer sur son canapé. Mais s'il était dans le coma ? Je pouvais éventuellement m'extirper de cet espace mental en quittant le garage, mais je disparaîtrais simplement à jamais. Et qu'était-il arrivé à la véritable Mona ?

Je me suis allongée aux côtés de mon frère et l'ai serré contre moi. Je n'avais jamais ressenti une telle connexion entre nous deux. Il avait risqué sa vie pour sauver la mienne, lui qui avait toujours semblé si égoïste. Nous restâmes ainsi, l'un contre l'autre, des heures, une éternité durant.

Alors, les néons s'éveillèrent dans un grésillement, Raphaël ouvrit grand les yeux dans le garage mental. Je me précipitai vers la télévision et l'allumai. Un plafond blanc immaculé apparu. De fins rideaux bleus encerclaient le lit de Raphaël.

Il regarda sa main, un saturomètre était placé au bout de son doigt.

— Mona… murmura Raphaël.

Mon frère se redressa un peu trop vite sur son lit et une douleur terrible sembla le foudroyer. Il se figea alors, comme s'il jaugeait l'étendue des dégâts, puis il saisit la sonnette d'appel pour appuyer frénétiquement sur son bouton. On entrevoyait derrière les rideaux une grande chambre sombre. Il attrapa la perfusion qui pénétrait son avant-bras et entreprit d'abord de la déloger en la tractant légèrement, puis il tira d'un coup sec. Du sang s'échappa à l'emplacement de la piqûre et il jura en se tenant le bras. Il tenta de se redresser une

fois de plus, mais la douleur paralysait tout son corps.
Des petits pas hâtés claquèrent en direction de Raphaël.

– Qu'est-ce que vous faites ? intervint une
infirmière gironde aux cheveux teints en rouge,
on se calme !

– Je suis où ?

– On va commencer par s'allonger, d'accord ?
Dou-ce-ment.

– Faut que j'appelle quelqu'un, c'est urgent.

– Vous avez dormi plusieurs heures, on peut
prendre deux minutes pour discuter ? Et après
on passe ce coup de fil, c'est d'accord ?

Mon frère contint son agacement.

– D'accord.

– Est-ce que vous vous rappelez de votre
prénom ?

– Raphaël.

– Très bien Raphaël, poursuivit l'infirmière sur
un ton lénifiant, moi c'est Patricia. On peut se
tutoyer ?

L'absence de réponse de Raphaël traduisait son
impatience. Je le sentais bouillir de l'intérieur. Dans son
espace mental, il faisait les cent pas, le visage fermé.

– Tu as eu un accident de scooter Raphaël, reprit
Patricia, tu as quelques hématomes, deux côtes
fêlées et un genou qu'on va surveiller de près.

171

Donc la bonne nouvelle, c'est que tu t'en es plutôt bien sorti !

– Super… et mon scooter ?

– Je ne sais pas mon garçon. Des passants t'ont vu tomber et ils ont immédiatement appelé les secours. Tu n'avais pas de pièce d'identité, ton portable était cassé, donc nous t'avons pris en charge en urgence, mais nous parlerons de l'administratif un peu plus t…

– Ma sœur est en danger, je dois l'appeler. Maintenant… s'il vous plaît.

L'air jovial de Patricia se résorba aussitôt.

– Je dois vous dire… vous êtes resté un moment inconscient. Et nous avons décelé une substance dans votre sang. Il est en cours d'analyse et il est important qu'un médecin vous ausculte à présent.

– Je suis pas un drogué, quelqu'un m'a fait ça. Je vais raconter tout ce que je sais aux flics, mais avant, j'ai besoin que vous me passiez un téléphone.

Patricia fixa mon frère quelques instants, comme si elle jaugeait sa bonne foi.

– D'accord d'accord, je vais chercher ça, mais cessez de remuer comme un asticot !

La soignante s'en alla. Mon frère releva son t-shirt, un bleu avait envahi sa peau au-dessus de ses côtes droites. Le silence sinistre et cotonneux de ce lieu étirait les minutes d'attente. Les petits pas revinrent de l'autre bout du couloir puis Patricia tendit le téléphone fixe sans fil à Raphaël.

– Quelle heure il est ?
– Cinq heures de l'après-midi.
– Attendez, de quel jour ?
– Dimanche.
– Oh merde !
– On ne savait pas qui contacter…

Raphaël tapota le numéro de la maison et mit le combiné contre son oreille. Personne ne répondit. Il réessaya, sans succès, il lança alors le téléphone contre le sol.

– Eh ! houspilla l'infirmière, ça va pas bien ?
– Désolé…
– Il faut appeler la police s'il y a un danger ! Je vais chercher le médecin de service.

Patricia n'avait pas apprécié la saute d'humeur de Raphaël, elle ramassa le téléphone et s'en alla.

Raphaël n'envisageait pas de contacter la police, pas seulement parce qu'il l'exécrait, mais parce que la menace n'était pas concrète, il n'était pas forcément visible dans l'immédiat. Après quelques secondes, il se leva de son lit, les mains contre les côtes. À l'évidence, chaque mouvement représentait pour lui une terrible souffrance. Il récupéra ses affaires ainsi que le dossier

173

chiffonné dans une petite armoire en métal et gémit de douleur en s'habillant. Alors, il commença à claudiquer le long des couloirs d'hôpital et vit Patricia arriver dans sa direction avec le médecin. Elle l'interpella, mais Raphaël prit le premier ascenseur qui se trouvait sur son passage. Au fil de sa descente en direction du rez-de-chaussée, mon frère essaya d'allumer son portable, mais comme l'énorme fissure qui parcourait son écran le laissait présager, il avait rendu l'âme. Les portes de métal se rétractèrent et ouvrirent la voie. Raphaël se dirigea avec la hâte d'un voleur vers de la sortie du bâtiment.

Je me tournai vers mon frère dans l'espace mental.

– L'accueil !

Il hésita un instant devant le tourniquet, mais il constata que personne ne le poursuivait dans le hall. Alors, il rebroussa chemin pour réserver un taxi auprès du centre d'information.

Le périple de Raphaël dura plus d'une heure. L'hôpital le plus proche de Cerifault n'était pas à côté et la course allait être salée. Mon frère n'avait pas donné d'adresse précise et il eut la bonne idée de quitter le taxi juste avant qu'il arrive à destination pour ne pas avoir à le payer. L'ennui, c'était que courir avec un genou en miettes s'avérait aussi aisé que de vouloir faire des jeux-vidéo en étant aveugle.

Raphaël grognait de douleur, mais il avait suffisamment pris le chauffeur de taxi à revers pour qu'il ne puisse le rattraper. Le temps que mon resquilleur de frère sorte de sa voiture, il détalait déjà dans les petites rues pavillonnaires, la nuit était tombée et les façades baignaient dans la lumière tungstène jaunâtre des lampadaires. Il escalada les clôtures tant bien que mal et parvint à distancer son poursuivant une fois pour toutes. Alors que son adrénaline redescendait et qu'il pouvait mesurer l'ampleur des dégâts de l'accident de scooter sur son corps, il réalisa qu'il n'était pas tout à fait tiré d'affaire lorsqu'un grognement survint tout près de lui ; un boxer peu commode se trouvait à ses côtés. Mon frère tendit une main apaisante en direction des babines écumantes puis il fit quelques pas en arrière. Le chien ne se laissa pas feinter et il grommela davantage. Raphaël se mit à courir et escalader le muret du jardin. Le molosse eut le temps de planter ses crocs dans une de ses chaussures et la garda dans sa gueule.

Lorsqu'il arriva enfin devant notre maison, Raphaël boitait comme un pirate et son pied valide n'était couvert que d'une socquette boueuse. Il sonna à plusieurs reprises car il n'avait pas ses clés, mais tout le monde était déjà sûrement couché. Il contourna finalement la maison pour entrer par la porte-fenêtre du jardin qui était défaillante ; elle s'ouvrait lorsqu'on tirait dessus avec suffisamment de force. Il investit le salon, notre mère descendait les escaliers en enfilant sa robe de chambre.

- Raphaël ? C'est toi qui as sonné ?
- Mona, elle est où ?

Le visage de maman se décomposa dans la seconde.

- Mais qu'est-ce qu'il t'est arrivé encore ?
- Réponds-moi s'il te plait !
- Dans sa chambre... laisse-la tranquille, elle a besoin de calme.

Raphaël se précipita dans les escaliers alors que notre mère le sommait de s'arrêter. Il vit la porte de la salle de bain entrouverte au fond du couloir, s'engouffra dedans et en allumant la lumière, il me surprit dans la baignoire avec une paire de ciseaux à la main. Il me l'arracha aussitôt, le sang dégoulinait déjà abondamment le long de mon bras. Il jeta les ciseaux loin de moi et serra ma plaie de toutes ses forces.

- Maman ! hurla-t-il.

Depuis l'espace mental de Raphaël, je suis restée un instant, atterrée, face à cette vision de moi-même en train de me donner la mort. Je voyais mon faciès brisé sur l'écran de télévision, le visage de mon frère était tout proche du mien.

- Regarde-moi de plus près Raph, lui demandais-je dans le garage mental.

Il posa son front contre le mien dans le monde réel, nos yeux se rencontrèrent et le pouvoir se déclencha alors. Je vis le portail du garage s'élever, pouvais-je passer de son espace mental au mien grâce au seul lien établi par le Medusa ? La réponse ne s'offrirait pas à moi si je n'essayais pas. Je me suis précipitée à travers la sortie sans avoir le temps de dire au revoir à mon hôte, mon corps plongea dans l'eau noire et traversa aussitôt par ce qui semblait être le plafond de l'entrée de ma maison. Une chute la tête la première contre le lino me fit comprendre dans la douleur que j'étais bel et bien arrivée dans mon propre espace mental. Le papier peint suintait une matière organique noire et épaisse comme de la boue. Certains meubles défiaient la gravité et occupaient les murs et les plafonds, les escaliers ne touchaient pas le sol. Toute la structure de la maison était devenue complètement incohérente et démesurée. Une odeur nauséabonde imprégnait les lieux, cela ressemblait à de la moisissure. L'esprit de la véritable Mona se trouvait contaminé, ravagé.

En allant au salon, qui avait pris la forme de ma chambre si elle avait quadruplé de taille, je vis la Mona habitante de cet espace mental. Elle était inanimée et enfoncée dans son lit, les yeux révulsés. J'avais beau la secouer, elle semblait possédée par une force obscure.

Des cris de rage résonnèrent au premier étage. Je parvins à reconstituer l'escalier à l'aide de mes capacités télékinétiques afin de l'emprunter et me diriger vers la voix. La salle de bain se trouvait au bout du couloir, particulièrement étiré. Les autres pièces avaient été ensevelies sous la matière noire.

Je me figeai lorsque je découvris une fille qui essayait désespérément d'ouvrir la porte de la salle de bain. Elle s'acharnait, mais rien n'y faisait puis elle tomba à terre de fatigue. Elle ne m'avait pas vue et je pris quelques secondes pour l'observer. Une flaque de sang coulait par l'interstice de la porte et roulait entre ses genoux. Ces cheveux blond vénitien ne pouvaient être ceux que d'une seule personne.

–   Alix ?

Alix se tourna dans ma direction, elle courut vers moi et me prit dans ses bras. Elle serra mon visage entre ses mains.

–   Tu peux me voir ? Comment as-tu pu guérir ? s'enquit-elle, il est encore là-dedans !

–   Ah ah, je crois que je vais devenir folle, sanglotais-je d'euphorie, je ne suis pas la Mona d'en bas. Je viens d'une autre… possession.

–   Sérieux ? On peut faire ça ?

–   Et toi ? Qu'est-ce que tu fais là ?

–   Je suis là depuis longtemps Mona. Il a débarqué hier quand tu… enfin quand Mona est allée chez lui pour utiliser son Medusa. Il a tout détruit ici. J'ai rien pu faire, et maintenant il est enfermé dans cette pièce. Il va te faire la même chose que ce qu'il m'a fait.

Tandis que l'anxiété d'Alix se muait en mots, le sang coulait inlassablement sous la porte et nos pieds commençaient à patauger dedans. Au lieu de paniquer, je me sentis exaltée. Raphaël et moi avions fait tout ce chemin pour empêcher le pire et j'avais retrouvé ma meilleure amie. Il n'était pas question d'abandonner maintenant.

– Il est beaucoup trop puissant, poursuivit Alix.

Je pris Alix dans mes bras à mon tour et chuchotai dans son oreille :

– Pas si on s'y met toutes les deux.

Alix cueillit de ses phalanges les quelques larmes logées aux coins de ses yeux et me dévoila ses fossettes qui m'avaient tant manquées. D'un regard, elle me confiait son espoir.

À l'unisson, nous levâmes une de nos mains en direction de la porte de la salle de bain. Celle-ci se mit à trémuler vivement, mais je perçus au même moment une force incommensurable qui la retenait de l'autre côté. Ma ferveur s'amenuisa en un rien de temps et je sentis Alix faiblir aussi, nous ne faisions à l'évidence pas le poids. À présent, la porte ne frémissait que légèrement et il fallait être réaliste ; l'intrus maîtrisait le Medusa tandis que nous tâtonnions avec ce pouvoir, autant survivre à un tsunami avec un journal en guise de bouée. Je m'apprêtais à abandonner, mais alors, Alix se tourna vers moi, ses yeux brillaient.

- J'étais avec toi pendant tout ce temps. Je sais que ça a été dur, mais tu as été incroyable Mona.
- Je suis fatiguée Al. Et tu me manques tellement...
- Grâce à toi, je ne suis pas morte pour rien. Tu vas t'en tirer, tu m'entends ?

Je tendis ma main de nouveau avec fermeté. La porte reçut une violente secousse. Avec Alix, nous mîmes toute notre énergie et notre concentration dans une ultime tentative. Soudainement, la poignée vola en éclat et la porte s'ouvrit à une vitesse effarante. Je vis alors l'homme mûr qui lévitait au-dessus de la baignoire de la salle de bain tel un être sanctifié. De ses bras affluait l'épais liquide sombre qui se répandait sur les murs et des gouttelettes de sang perlaient de la matière. Elles formaient une grande flaque aux pieds de la baignoire. L'intrus baissa la tête, ses yeux étaient révulsés, mais il semblait pourtant pointer son regard sur nous. Il joignit ses bras dégoulinants et les tendit dans notre direction. Le fluide arpenta rapidement les murs du couloir et se rapprochèrent dangereusement. À l'aide de mon pouvoir télékinétique, je pus arracher quelques lattes du parquet à distance pour qu'elles aillent se planter dans le visage de l'homme. Cela mit à mal son offensive et le fit tomber dans la baignoire de sang.

– Bien joué ! s'exclama Alix.

Mon amie tendit la main à son tour et le sang entra aussitôt en ébullition, les jambes de l'homme s'agitèrent. Il souffrait. Je fis sortir la porte de ses gonds et elle lévita pour aller se placer au-dessus de la baignoire comme un couvercle afin d'empêcher notre oppresseur de s'en tirer. Il se débâtit pendant de longues secondes. Nous nous regardâmes avec Alix d'un air aussi contrit que déterminé. Les jambes cessèrent enfin leur danse macabre. Un lourd silence se posa. La matière noire commença à lentement se résorber et elle engloutit avec elle le corps de l'homme dans le siphon de la baignoire.

Je serrai Alix dans mes bras si fort que j'aurais pu briser ses os. Son parfum vanillé m'avait tant manqué. Je pris son visage entre mes mains et le contemplai longuement, je réalisai à peine maintenant à quel point toute cette situation était vertigineuse ; une partie d'elle avait survécu depuis notre étreinte la veille de son suicide. Elle avait certainement communiqué avec moi pour m'aiguiller comme je l'avais fait avec Raphaël. Des larmes jaillirent des yeux marron d'Alix, elle me serra de nouveau dans ses bras.

– Je suis désolée, gémit-elle.

– Pourquoi Al ?

– Je t'ai fait faire des choses… ce n'était pas toi Mona.

– De quoi tu parles ?

Alix ravala un sanglot, je dégageai la mèche imbibée de larmes qui cachait son regard.

– Au départ, je suis entrée dans ton esprit sans faire exprès, quand je venais d'être aveugle. D'ici, j'ai compris à quel point… tu tenais à moi et à quel point tu étais dévastée en apprenant ma mort. Je ne pouvais pas te voir dans cet état. C'était trop dur. J'ai fait en sorte que tu souffres le moins possible. J'ai chassé toutes les pensées où j'apparaissais, elles revenaient comme des tornades et j'ai dû modifier plus profondément ton monde, comme Thierry l'a fait avec le mien, mais c'était pour que tu ailles de l'avant. Je sais pas pourquoi, mais tes yeux se sont fermés à ce moment-là… et puis Léo a commencé à te tourner autour. J'ai fait en sorte que tu tombes amoureuse de lui pour que tu avances pour de bon. Je t'ai menée droit dans un piège. Je savais pas que c'était le fils de cette ordure. Il le contrôlait pour te séduire depuis le début… Je suis tellement désolée.

Alix avait fondu en larmes, elle tenait tout juste debout et je la serrais fort dans mes bras, comme pour m'assurer qu'elle n'était pas qu'un souvenir ou une hallucination. Qu'importe le fragment d'elle qui me faisait face, il s'agissait bien d'elle.

– Ça m'a permis de découvrir ce qu'il t'est arrivé, susurrai-je enfin, c'est ce qui compte. Tu sais pourquoi il s'en est pris à toi ?

Cette question brûlait mes lèvres depuis longtemps et Alix détenait l'explication à coup sûr.

– Pas vraiment, répondit Alix.

Eh bien, non.

– Mais je pense que c'est lié à mon père, poursuivit-elle, je sais que lui et Thierry se sont embrouillés quelques fois. Mon père était très engagé pour la ville et il énervait certaines personnes…

Un grincement retentit dans l'escalier de mon espace mental, derrière moi. Je aussitôt volte-face, persuadée qu'il pouvait s'agir d'un retour de ce Thierry. À la fin de mon demi-tour, mon visage rencontra celui de la Mona qui vivait dans l'espace mental et qui était à présent libérée de toute emprise. Nos nez, bouches et yeux se mêlèrent comme si j'avais épousé le reflet de mon miroir. Bientôt, nos corps se confondirent et nous ne fîmes qu'une.

Une sensation sans équivalent se produisit alors ; ses souvenirs devinrent les miens et inversement. Je me suis rappelée l'état de désespoir dans lequel je m'étais trouvée, de la façon dont j'avais parlé à mes parents et tous ce qui s'était passé dans l'espace mental de Raphaël resta intact dans ma mémoire.

    –   Mona, tu m'entends ? Mona ?

La voix d'Alix s'éloignait. Je redevenais la simple hôtesse de mon monde intérieur, inconsciente de mon existence.

Mona, tu m'entends ?

X

J'entendis la porte de la salle de bain s'ouvrir avec fracas, ma mère hurlait en direction des escaliers, elle sommait mon père d'appeler une ambulance. Les bouffées d'une respiration haletante se brisaient contre mon visage comme des vagues, mon frère se trouvait toujours face à moi. Il serrait mon poignet sanglant de toutes ses forces. J'avais l'impression d'être soudainement revenue d'un très long voyage. Ma cécité était, elle aussi, de retour.

Agenouillée dans la baignoire, je sentais mes jambes qui trempaient dans un fond d'eau tiède, ou bien il s'agissait de mon propre sang. Cette idée me tétanisa. La nausée me donnait la sensation que la pièce était en perpétuelle rotation et la douleur insidieuse électrocuta mon poignet alors que je ne l'attendais plus.

Ma mère enroula un bandage autour de ma plaie. En le touchant brièvement, je constatai que celui-ci peinait à éponger tout le sang qui abondait.

– Pourquoi tu nous fais ça putain, paniquait ma mère tandis qu'elle appliquait un nouveau bandage, pourquoi Mona ?

L'odeur métallique de ma propre hémoglobine m'évoquait mes passages à la boucherie de Mr Morin le week-end avec mon père lorsque j'étais petite, à la différence près que la pièce de bœuf sanguinolente cette fois, c'était moi. Des picotements désagréables parcouraient mes extrémités.

– Tu serres trop, s'écria Raphaël, tu vas lui faire un garrot maman !

– Il faut lui faire un garrot !

Ma tête devenait si lourde qu'elle tombait toute seule. De larges taches rouges semblaient apparaître devant mes yeux pourtant inopérants.

– Reste avec nous Mona, me susurrait Raphaël, ça va aller maintenant.

– Stéphane, où t'es ? s'enquit ma mère.

La voix essoufflée de mon père fit irruption dans la salle de bain.

– Ils devraient arriver dans quelques minutes.

J'entendis des gémissements et de nouvelles mains m'agrippèrent. Mon père avait fondu en larmes.

– Ma fille, ma petite fille…

Tiens bon Mona.

Ils étaient tous les trois agenouillés autour de moi et m'enlaçaient silencieusement. Je commençais à m'endormir. La douleur était déjà partie. Le bandage me serrait tellement que je sentais mon cœur battre dans mon avant-bras. La voix de ma mère me fit émerger de cette quiétude.

– Mais qu'est-ce qu'ils foutent ? Ça fait quinze minutes déjà.

– Ils devraient être là d'une minute à l'autre maintenant, rassura mon père, qu'est-ce qu'il t'est arrivé à toi Raphaël ?

– Je t'expliquerai, t'inquiète.

Des flashs de notre périple à mon frère et moi resurgirent. Ils semblaient si lointains à présent.

– Raph, bredouillai-je, tu as toujours le dossier sur toi ?

En guise de réponse, le son du papier froissé parvint à mes oreilles.

– Il y a plus que deux-trois feuilles là-dedans, j'ai paumé le reste sur la route.

– Qu'est-ce que c'est ?

– Je sais pas, des trucs administratifs au nom de Thierry Saugnat, je pige que dalle. Il y a aussi écrit « Bazin » dessus, le nom de famille d'Alix.

Les feuilles passèrent dans d'autres mains.

– C'est un avis de saisie, déchiffrait mon père, vice de procédure et atteinte à la sécurité de la population de Cerifault… une fuite de silice et de for-ma-ldé-hyde… substances cancérigènes. Ça concerne la fonderie de la ville.

– Christophe bataillait pour fermer cette fonderie, non ? demanda ma mère, on dirait les résultats des enquêtes qu'il avait exigées auprès de l'usine.

– Oui, acquiesça papa, vous avez trouvé ça où ?

– Chez ce gars qui a agressé Mona et Alix, dit Raphaël.

– De quoi tu parles ? s'inquiéta Nicole.

Le bruit d'un déchirement me fit tressaillir. Ma mère et mon frère s'insurgèrent aussitôt.

– Mais qu'est-ce que tu fais chéri ?

– T'es ouf ou quoi ?

J'entendis quelques pas. Le clapet de la petite poubelle de la salle de bain claqua.

– Ces documents sont dangereux, fit froidement mon père, on n'a aucune raison d'avoir ça chez nous. S'il y a une enquête, ça peut nous nuire.

– Mais…

– Putain, mais qu'est-ce qu'elle fout cette ambulance, s'énerva maman, je vais chercher mon portable, mais je sais pas où il est !

J'entendis ma mère sortir de la pièce. Raphaël avait fracassé son smartphone dans sa récente chute, mais il se joignit à elle pour l'aider dans sa recherche. Il ne restait que mon père à mes côtés. Il demeurait étrangement silencieux, sûrement désemparé par la situation.

D'en bas, ma mère assura d'un ton exaspéré que son portable avait disparu et que le téléphone fixe ne fonctionnait plus. Elle remonta, la voix larmoyante, désespérée.

– Je vais l'amener à l'hôpital, fit enfin Stéphane.

Quelques secondes plus tard, mon père me portait, nous descendions les escaliers et l'instant d'après, la porte de la Seat se refermait bruyamment à côté de moi. Je me sentis tomber dans un profond sommeil.

Réveille-toi, maintenant.

Des pas arpentaient une grille d'acier et ma tête dodelinait à leur gré. J'étais de retour dans les bras de mon père, son parfum familier se mêlait à celui de la sueur. Les pas résonnaient à l'infini dans ce lieu que je percevais comme une immense cathédrale déserte.

Des chuchotements sifflotaient tout là-bas et se rapprochaient petit à petit. Une odeur métallique régnait sur cet endroit froid et sans vie. Je ne me trouvais pas à l'hôpital, il n'y avait aucun doute là-dessus. La fatigue m'accablait toujours plus, j'avais retrouvé mon libre arbitre, mais c'était à présent mon corps qui m'attirait vers le vide.

— Désolé ma puce.

Une larme de mon père tomba dans mon cou. C'était ça, l'odeur si particulière qui imprégnait ce lieu ; la fonderie.

— Papa ? Qu'est-ce que tu fais ?

Pas de réponse. Il me posa délicatement sur la passerelle glaciale. Je sentais un important vide sous elle. Mon père renifla bruyamment puis je l'entendis faire demi-tour et s'éloigner. J'avais beau l'appeler de ma voix frêle, il m'avait bel et bien abandonnée. Les chuchotements avaient cessé. Quelqu'un se rapprocha de moi. La voix que je redoutais le plus murmura calmement à mes côtés.

— Excuse ton père, Mona, il n'est plus tout à fait lui-même.

Comme Alix et moi, mon père subissait le Medusa de Thierry, ses actes ne dépendaient plus de sa volonté. D'autres pas, indénombrables, m'encerclèrent. Thierry saisit mon avant-bras mutilé et le tourna pour l'observer. Cela déclencha de nouveaux picotements douloureux.

— Cerifault… murmura-t-il, moi aussi j'y ai passé toute ma vie. Quand j'avais ton âge, je pensais qu'il n'y avait pas de place pour moi, ni dans

190

cette ville de merde, ni dans cette vie tout court.
J'ai essayé de mettre fin à mes jours, comme
toi, en croyant que ça serait ma porte de sortie.

Thierry me fit toucher du bout du doigt une cicatrice
qui se trouvait sur son poignet. Cela me dégoûta
suffisamment pour me faire sortir de ma torpeur et
retirer mon bras au plus vite.

– J'ai raté mon coup, poursuivit-il, et tu sais
quoi ? À l'hôpital, j'avais une voisine de
chambre aveugle qui avait fait une mauvaise
chute et avait la jambe cassée. On a un peu
échangé, après tout, une aveugle avait
forcément un point de vue différent sur le
monde, si tu me permets l'expression. Ses yeux
étaient constamment fermés, c'était étrange.
Elle prétendait pouvoir me sauver. « Une de ces
bigotes » je me suis dit. À la nuit tombée, elle
s'est rapprochée de moi et m'a transmis son
Medusa. C'est le nom qu'on donne à ce don,
cette damnation. Elle est allée visiter mon esprit
pour voir ce qui clochait, elle pensait peut-être
que c'était son devoir. Tu trouves pas que c'est
un peu présomptueux, de prétendre pouvoir
améliorer la vie d'un inconnu, en changeant sa
nature profonde ? Elle fait dorénavant partie de
la petite collection que tu as vue lorsque tu m'as
visité.

191

Parlait-il des femmes séquestrées dans la cave de son esprit ? Je ne comprenais pas pourquoi il me racontait tout ça, mais je devais trouver la force de m'enfuir. Sa présence me donnait une nausée qui figeait mon corps tout entier.

   – Depuis, j'ai retrouvé l'envie de vivre. Mais est-ce que je suis moi-même depuis ce jour-là ? Le Medusa se transmet lorsque l'intrusion change radicalement son hôte. Alix a donc pénétré ton esprit et comme tu as hérité du Medusa, ça veut dire qu'elle a modifié ta nature profonde après être restée en toi. Une meilleure amie fait vraiment ce genre de choses selon toi ? C'est un pouvoir dangereux. Il doit être employé par les bonnes personnes et pour les bonnes causes.

   – C'est vous qui l'avez transmis à Alix…

   – Cette histoire te dépasse Mona et c'est tout à fait normal. Je ne suis pas fier de tout ce que j'ai fait, tu sais, loin de là. Et je t'ai fait venir ici pour te laisser une dernière chance. Tu m'as montré que tu tenais à la vie, plus qu'Alix. Je ne veux pas te contraindre à quoi que ce soit. Si tu es d'accord pour coopérer, on peut très facilement faire quelques pas en arrière et reprendre chacun nos vies. Tu es si jeune.

Thierry passa une main dans mes cheveux. Son odeur me crispa et je fis un nouveau mouvement de recul qui manqua de me faire tomber de la passerelle, je parvins à me rattraper de justesse.

– Allons attention.

– Vous êtes un monstre…

– Je suis désolé pour Alix. Vraiment. Son sacrifice était nécessaire pour que bien d'autres puissent continuer à vivre leur vie. Tu sais que cent-vingt-cinq personnes travaillent ici, que ces gens ont des familles, des enfants ? La fonderie est le cœur de l'économie de Cerifault. Mon père y a consacré toute sa vie et mon grand-père avant lui l'a bâtie. Un jour, Léo héritera de la fonderie. Le père d'Alix, cet opportuniste pseudo-écolo, s'est mis en tête de réduire à néant l'honneur de notre famille. Il était tellement déterminé à me faire fermer ce bâtiment avec ses amis de la mairie qu'il n'y avait qu'une seule façon de l'arrêter net…

Couplée au ton posé et serein de Thierry, cette révélation s'avéra d'autant plus glaçante.

Un grondement retentit, puis le bourdonnement de mécanismes s'éleva.

Des larmes s'échappèrent de mes yeux clos et ma voix brisée tentait de comprendre comment Thierry allait justifier ses atrocités.

- Vous… vous auriez pu utiliser le Medusa sur lui directement.
- Le Medusa fonctionne mieux sur les esprits malléables : les enfants, ados, les gens crédules… surtout lorsqu'on a pour but d'influencer grandement une personne. Les adultes ont des convictions plus enracinées et il faut rester parfois longtemps dans leurs esprits pour espérer les changer véritablement. Faire basculer ta copine, c'était un jeu d'enfant.

Je voulais rester forte, mais je me mis à pleurer abondamment en protestant d'un ton abattu contre la mort injuste de ma meilleure amie. Je commençais à comprendre que le dialogue resterait vain. Thierry prit simplement mon visage entre ses mains et essuya mes larmes avec ses pouces. Je n'avais plus l'énergie de lui résister.

- Ces paupières fermées… c'est un élément qui nous a toujours fascinés avec mes pairs. Seules les femmes obtenant le Medusa deviennent aveugles, cela n'atteint pas les hommes. Nous ignorons ce qui déclenche cette réaction, mais la nature est bien faite. Ça nous permet de retrouver les personnes qui ont hérité du pouvoir et qui ne devraient pas l'avoir, comme toi.

– C'est pour ça que vous m'avez piégée, moi aussi ?

– Quand tu as perdu la vue, je savais que c'était parce qu'Alix était dans ton esprit et qu'elle voudrait faire éclater la vérité, d'une façon ou d'une autre. Tu es devenue un danger pour notre organisation, à cause d'elle.

« Mes pairs », « notre organisation » … combien étaient-ils au juste ? Des pas gravirent l'escalier de métal en dessous de nous et firent vaciller notre passerelle. Une nouvelle voix s'adressa à Thierry.

– Le courant est rétabli, la coulée va commencer dans vingt minutes.

– Vingt minutes ! intervint une autre voix, on ne va pas passer la nuit ici, finissons-en maintenant !

– Calme-toi cher ami, murmura Thierry. Nous ne sommes pas des barbares. Nous voulons trouver la meilleure solution.

Je profitai de cet instant de trouble pour me redresser et rebrousser chemin sur la passerelle à toute allure. La trajectoire demeurait rectiligne pour le moment et je n'entendais personne se lancer à ma poursuite. Cependant, ma course fut brutalement interrompue par un nouvel individu qui jusqu'alors était resté en retrait, immobile et silencieux. Alors que je venais de heurter son torse, il m'attrapa par les bras et me jeta au sol.

- Agis en adulte Mona, fit la voix quiète de Thierry au loin. Tu ne peux pas fuir ici. J'essaie de faire en sorte de convaincre les autres de régler ça pacifiquement.
- Les autres ? demandai-je d'une voix éraillée.
- Nous formons le Cercle secret qui contient la propagation du Medusa et qui s'en sert pour maintenir le bon équilibre de notre région. Tu sais, j'ai longuement erré, cherché si d'autres personnes avaient des pouvoirs similaires aux miens. Lorsque j'ai découvert l'organisation, ils auraient dû se débarrasser de moi, me faire disparaître… mais ils ont décidé de m'intégrer. Les choses ne sont pas figées, Mona. Et pourtant cette organisation existe depuis le moyen-âge ! Elle serait le fruit des réunions d'alchimistes qui travaillaient sur le sang des sorcières. Une époque rustre oui, mais aux découvertes prolifiques. Chaque membre de l'organisation doit se montrer respectueux envers ses pairs. Nous portons d'ailleurs à chacune de nos rencontres un bandeau sur les yeux pour ne pas nous influencer à l'aide du Medusa, nous l'avons en ce moment même.

La main de Thierry glissait le long de la rambarde de la passerelle. Il était revenu tout près de moi. Une chaleur étouffante commençait à se reprendre dans le lieu.

– Tu ne seras pas l'une des nôtres ce soir Mona, tu es encore trop jeune, trop fragile. Mais si tu me laisses pénétrer ton esprit, je ferai en sorte de supprimer de tes souvenirs uniquement tout ce qui nous relie. Non seulement tu pourras garder le Medusa, et tout retournera à la normale. Mais comme tu as réussi à m'éjecter lors de ma précédente incursion, il faut que cette fois nous soyons sur la même longueur d'onde pour que mon intervention fonctionne. Et qui sait, plus tard, si tu te montres ambitieuse et déterminée, tu pourrais peut-être rejoindre le Cercle ?

Je compris pourquoi il était si volubile ; Thierry avait intégré qu'il n'arriverait pas à se débarrasser de moi si facilement, il avait dû trouver un autre moyen de me faire taire. Cette fois, la fourberie se dissimulait sous des mots et non à travers un effet de surprise. Le détail qu'il ne pouvait négliger, c'est que toute ma famille était maintenant plus ou moins au courant de ses exactions.

– Si j'accepte que vous effaciez mes souvenirs, vous nous laisserez tranquilles, moi et mes proches ?

– Je te le promets, Mona. Je ferai aussi en sorte
de quitter l'esprit de ton père. Comme tu t'en
doutes, il faudra extraire le Medusa d'Alix de
ton esprit également.

Le plan de Thierry semblait tellement approximatif
et risqué pour sa petite organisation qu'il n'était pas
question qu'il s'en tienne à cela. Je voulais bien entendre
qu'il n'avait pas la capacité de nous réduire au silence
en nous tuant mon frère et moi sans attirer l'attention,
mais sa proposition n'avait évidemment rien d'honnête
et de toute façon, ce type avait tout d'un psychopathe. Je
pris mon souffle et me redressai sur mes deux jambes.
Je le sentais face à moi, tout proche, mais je n'avais plus
peur.

– J'ai vu ce que vous avez fait aux femmes dans
la cave de votre esprit. Vous êtes la dernière des
raclures.
– Attention Mona. Je me suis montré très patient.
Je peux te dire que j'ai visité de nombreux
esprits et tous les hommes sont pourris de
l'intérieur. Les pensées ne représentent pas les
actes, bien heureusement.
– Vous allez tous vous faire arrêter, vous allez
moisir en prison.
– Aveugle et naïve… c'est touchant. Nous
contrôlons en ce moment même une centaine
d'esprits, qui agissent pour notre cause. Je crois

que tu ne réalises pas tout à fait quelle est l'ampleur de notre pouvoir. Tu n'es qu'un caillou dans ma chaussure.

– Thierry, interpella la voix derrière lui, il faut qu'on y aille, maintenant.

– Alors Mona, poursuivit Thierry d'un ton affable en se tournant de nouveau vers moi, as-tu pris une décision réfléchie ?

Aussitôt, je saisis Thierry par les épaules et envoyai mon genou fléchi dans ses testicules. Mon père m'avait toujours conseillé de viser ladite zone en cas d'agression. Mon handicap avait beau avoir compliqué la manœuvre, la cible semblait avoir été atteinte ; il réprima un hurlement et tomba à terre. Je ne savais pas bien où cette réponse allait me mener, mais au moins il allait un peu moins parler. Je tentai une fois de plus de prendre mes jambes à mon cou, mais son sbire m'attrapa, par les cheveux cette fois. Il me traina en arrière jusqu'à Thierry. La traction était tellement forte et douloureuse que j'avais l'impression que tous mes cheveux allaient s'arracher. Je sentais mon dos s'écorcher jusqu'au sang contre le sol métallique. L'homme me jeta comme une vieille poubelle tandis que Thierry se relevait. Après quelques secondes, il reprit sa voix flegmatique.

– Léo, approche-toi.

Qu'est-ce que Léo faisait dans cet enfer ? Il avait observé toute la scène sans interférer ? Soit il m'avait totalement dupé, soit son père l'avait complètement envahi. Mes pensées hurlaient à travers mon cuir chevelu endolori, l'air devenait étouffant dans la fonderie et la sueur affleurait sur l'ensemble de mon corps.

— Me voilà, dit Léo d'un ton détaché.

— Mets-la dans la cuve s'il te plaît.

— D'accord.

Je sentis les mains de Léo se poser sur moi. Les caresses n'étaient plus de mise ; il m'agrippa et me força à me redresser.

— Léo, murmurai-je à son oreille, t'es pas comme ton père. Fais pas ça.

— J'ai pas le choix Mona.

— Bien sûr que t'as le choix, reprends le contrôle sur la voix intérieure qui te parle, c'est pas la tienne !

— Je sais Mona, mais je peux pas…

Je pris la tête de Léo et plongeai mon regard dans le sien. Mes paupières se redressèrent. La seconde suivante, j'étais devant la demeure des Saugnat, entourée d'un noir opaque. J'étais apparue à l'extérieur de l'espace mental de Léo, comme la dernière fois que j'avais activé le Medusa sur lui. La porte d'entrée restait impossible à ouvrir, Thierry barricadait donc toujours le lieu. En usant convenablement de mes pouvoirs, j'étais maintenant capable de la forcer, mais soudain, une main m'écarta d'un mouvement sec, l'épaisse voix de Thierry me débusqua de l'espace mental de Léo.

    – Je t'avais dit de te couvrir les yeux Léo non ? vitupéra Thierry.

    – Désolé, bredouilla Léo.

    – Tu l'amènes dans la cuve, maintenant.

Léo m'attrapa de sa main valide par mon avant-bras blessé, cela me fit un mal de chien. Il me força à avancer le long de la passerelle. La température était telle qu'à présent, chaque pore de ma peau semblait en éruption. Faire des brasses au cœur d'un volcan devait être plus plaisant que d'approcher de cette fournaise. Léo ralentit la cadence et ne me précédait plus. Je sentis soudain le vide sous mon pied gauche et fis immédiatement un pas en arrière. La chaleur venait d'en dessous. Je pouvais très bien me représenter ce qui se trouvait à quelques mètres sous mes pieds : une mort certaine. J'entendais frémir la coulée d'acier liquide, elle était toute proche et sa température me rongeait déjà le visage. Une barre de métal tinta alors derrière moi.

    – Léo, tu ne pourras plus revenir en arrière si tu fais ça, exhortai-je.

    – C'est ce que je veux.

    – Toi et moi, ça n'avait aucun sens pour toi ?

    – Notre relation était un mensonge.

Il disait vrai : le Medusa de Thierry avait agi sur lui et celui d'Alix sur moi afin que nous nous rapprochions. Nous n'étions que des pions dépourvus de libre arbitre. Mais les instants que nous avions partagés irriguaient de lumière ces derniers jours ténébreux.

La barre de métal que tenait Léo racla le sol, il l'avait redressée pour me porter un coup.

– Fais-le Léo, insistait Thierry, prouve-moi que tu es prêt à faire ce qu'il faut. Tu feras partie des nôtres, je te le promets.

– Quand tu m'as embrassé sur le ponton, murmurai-je à Léo, je sais que tu en avais vraiment envie.

– Recroqueville-toi.

– Quoi ?

Léo me poussa sur le côté. J'entendis la barre de fer plonger dans la lave et effectuer un mouvement ample. Des microbrûlures assaillirent mon épaule gauche. Des bribes de lave avaient atteint mon haut de pyjama et rongèrent aussitôt son tissu, puis ma peau. Les brûlures restaient éparses, mais elles semblaient creuser leur sillon jusqu'à mes os. L'étreinte belliqueuse de la douleur ne se fit pas attendre. Je n'étais pourtant pas la cible ; le beuglement de Thierry aurait pu faire vaciller les fondations de l'usine.

– Mes yeux ! Mes yeux !

Les piétinements frénétiques du sol grillagé faisaient remuer la passerelle tout entière. Alors que je me frottais l'épaule convulsivement, Léo me saisit le bras de sa main infirme et m'entraîna avec lui vers la sortie de l'usine. J'entendais la barre de métal s'agiter dans l'air.

– Retirez votre bandeau, attrapez-les ! ordonna Thierry.

– Reculez, reculez ! hurlait Léo à son tour.

La volonté de Léo semblait avoir réussi à supplanter le Medusa de son père après tant de temps et de manipulation, cela avait dû lui demander une force inouïe. Nous traversâmes la passerelle, mes jambes parvenaient tout juste à garder la cadence et mon corps se heurtait régulièrement aux maigres rambardes qui nous séparaient du vide. Une épaisse porte que Léo poussa rugit à l'ouverture, nous reprîmes notre cavale. Tandis que les voix véhémentes nous suivaient à la trace comme des spectres nocturnes, le bras atrophié de Léo me tirait dans les dédales de la fonderie. Les étroits escaliers débouchaient sur de longs couloirs qui m'évoquaient l'intérieur des organes enchevêtrés d'un monstre d'acier. Les pas de nos poursuivants résonnaient triplement dans ces espaces déserts. Une armée entière semblait à nos trousses et la peur puisait dans mes dernières forces pour me maintenir en mouvement. Puis, nous nous arrêtâmes un instant. Je pensais que Léo nous octroyait un moment de répit avant d'entendre l'imposante porte coulissante qu'il tentait d'ouvrir, en vain. Nos assaillants se rapprochaient dangereusement et je prêtai main-forte à Léo pour déplacer ce gros tas de ferraille. Les voix étaient à présent à quelques mètres, je craignais qu'une main ne vienne bientôt me saisir par les cheveux de nouveau. Léo glissa sa barre métallique dans la clenche de la porte et s'en servit pour faire levier. J'attrapai ses mains et poussai avec lui de toutes mes forces. Enfin, la porte roula lourdement et nous nous faufilâmes par l'interstice de l'ouverture. La brise enveloppa ma peau. Le canal ruisselait non loin de nous. Nous avions quitté la fonderie. Des grillages frémirent à mon passage, lorsque Léo me fit traverser la clôture.

Des lumières jaunâtres troubles naquirent dans une atmosphère bleutée. Je pus deviner les traits angéliques du visage de Léo. Mes Vans à damier qui arpentaient le goudron n'avaient pas fière allure.

– Mona, tes yeux…

Je ne rêvais pas, je n'usais pas non plus du Medusa et pourtant, je voyais. L'air froid saisit mes pupilles humectées et me força à les plisser. Mes paupières se décollèrent à nouveau, l'une après l'autre, comme si je m'étais réveillée d'une conjonctivite. Tout était trouble.

Tu vois…

– Je vois Léo…
– Mona c'est incroyable !

Les voix impétueuses de nos poursuivants s'étaient tues, mais les pas se rapprochaient toujours plus de nous. En me tournant, je pus discerner derrière le grillage qui encerclait la fonderie, une poignée de silhouettes qui avançait dans notre direction. Nous avions ralenti la cadence et je me rendis compte tardivement que Léo s'évertuait à me faire accélérer en me tirant le bras.

– Mona, m'interpella-t-il d'une voix inquiète, tu vois le pont là-bas ?

Il me désignait le petit pont de Cerifault qui illuminait le canal de ses lampadaires gothiques, il s'agissait des seules sources de lumière à l'horizon que je distinguais clairement. J'acquiesçai.

– Je veux que tu coures aussi vite que tu peux jusqu'à là-bas et que tu arrêtes la première voiture que tu vois pour appeler à l'aide. C'est compris ?
– D'accord. On y va tous les deux ?
– Je te retrouve quand tu y seras, ne m'attends pas. Vas-y !

Afin de me donner de l'élan, Léo me poussa et manqua de me faire tomber au sol. Je courus à grandes enjambées et lançai un regard par-dessus mon épaule après quelques mètres ; Léo avait rejoint le groupe de poursuivants et leur faisait face. Ma vue me faisait encore terriblement défaut et l'obscurité avait happé le bord du canal. Au loin derrière moi, je percevais les ombres qui se mélangeaient comme de l'acrylique noire dans de l'eau, je hurlai le nom de Léo lorsqu'elles le saisirent. Je voulus retourner dans sa direction, mais il était trop tard, je les voyais à tour de rôle plonger leur regard dans le sien, leur proie ne se débattait plus, son corps était devenu rigide. Il avait résisté au Medusa de son père dans un effort sans commune mesure, mais il ne pouvait tenir face à un tel accablement de forces contre lui. De son cerveau, il ne devait rester que des miettes. Il aurait été plus aisé pour moi de demeurer aveugle afin de ne jamais être témoin de cela. Mes yeux vitreux ne pourraient jamais oblitérer cette scène.

J'étais incapable de faire le moindre mouvement. Je mis quelques longues secondes à réaliser qu'une des ombres courait dans ma direction. Je repris ma fuite, animée par la voix de Léo qui subsistait dans mon esprit, ou peut-être était-ce celle d'Alix.

Le pont Mona.

Percluses de fatigue et de douleur, mes jambes semblaient embourbées dans des sables mouvants. Je parvins tant bien que mal à reprendre ma course. Une voix qui me précédait hurlait après moi. Le pont illuminé se rapprochait, quelques phares le parcouraient encore. Je rejoignis enfin la lueur de ses lampadaires et les ombres dans mon dos avaient disparu. J'étais en travers de la route, à bout de forces, pleurant toutes les larmes de mon corps. Mes paumes vinrent frapper le capot de la première voiture qui pila en me croisant. Une portière s'ouvrit.

XI

Ma nuit avala le jour qui suivit. Je dormis d'un sommeil sans rêves, sans cauchemar ; un retour à l'obscurité la plus totale. En me réveillant, les fréquences aiguës d'une musique pop survoltée malmenèrent mes tympans. Je vis Raphaël au fond de ma chambre d'hôpital qui était recourbé sur son smartphone, happé par son feed[1] TikTok. Un nouveau bandage serrait mon avant-bras gauche et une perfusion entrait dans le droit. Rapidement, le soulagement d'être en vie fut balayé par la pensée de mon père. Ma voix éraillée atteignit Raphaël.

- Papa…
- Sista, fit Raphaël en relevant à peine la tête, t'as des grosses séquelles si tu me prends pour le daron.
- Où est papa ?
- Je suis content de te voir aussi, ça fait plaisir. Eh, mais, t'as retrouvé la vue ?

---

[1] Anglicisme désignant un flux de données sur un réseau social.

– Ouais. Me demande pas comment c'est revenu.

– Comment je vais pouvoir te faire chier maintenant ?

Ma vision demeurait trouble et n'arrivait pas à s'accoutumer aux néons criards de la pièce. Mes globes oculaires étaient tellement déshydratés que j'avais la sensation qu'ils commençaient à se rétracter comme des fruits secs. Mon frère se leva et prit ma main.

– Tu te sens comment ?

– Je sais pas trop… ça va.

– Tu nous as bien fait flipper. Je vais chercher les vieux, ils sont à côté.

– Ok… Attends. Papa est possédé par le Medusa je crois.

– Le quoi ?

La porte de la chambre s'ouvrit, mes parents accoururent dans ma direction. J'écarquillai les yeux pour bien distinguer mon père. Je reconnus son regard dans la seconde ; il ne semblait plus sous le joug de Thierry. Il plaça ma tête entre ses mains et me donna un bisou retentissant. Cette affection pouvait être un leurre, je devais vérifier que l'intrus avait bel et bien déserté son esprit. Je le pris dans mes bras et regardai, au plus près de ses yeux. Peut-être que le Medusa m'avait abandonné en même temps que ma cécité. La réponse fut sans appel ; un vertige me saisit et je fis un grand bond dans l'esprit de mon père.

Il était amusant de constater que le même modèle d'espace mental changeait de forme au gré de son hôte, qu'il s'agisse de celui de ma mère, de mon frère ou du mien, l'interprétation de notre maison n'était pas la même : la taille de certaines pièces divergeait, certains détails étaient plus ou moins prégnants… Ici, la peinture des murs était particulièrement vive. La maison de son esprit demeurait en bon état, pas de dégâts apparents ni de désordre. Je poursuivais mon inspection de chaque pièce et croisais à différents endroits, mon frère, ma mère et des versions de moi, des souvenirs. Ces doublures provenaient d'instants récents, mais le soir de ma tentative de suicide semblait avoir été rayé de la mémoire de mon père, Thierry avait peut-être effacé ces souvenirs et fui son espace mental.

Une seule porte me résista ; celle du cellier. Je cherchai la clé et poussai la poignée de toutes mes forces, mais rien n'y faisait, la porte ne bronchait pas et ce n'était pas bon signe. Un secret bien gardé ? Peut-être, mais il me fallait en avoir le cœur net. Puis un flash s'empara de moi.

— Tu veux l'étouffer ou quoi ? badina ma mère.

— Désolé ma chérie, me dit papa.

De retour dans la chambre d'hôpital, je vis maman pousser mon père pour m'enlacer à son tour. Elle avait interrompu le Medusa involontairement et il est probable que ma projection n'ait pas eu le temps de sortir de l'espace mental. Je détournai le regard et enfouis mon visage dans son cou pour ne pas entrer dans son esprit, à elle aussi. J'étais entourée des miens, mes yeux voyaient, l'avenir reprenait des couleurs et pourtant, je ne pouvais m'empêcher de me questionner. Au fil de nos échanges, je réalisais que toute ma famille avait refoulé m'avoir retrouvée dans un bain de sang, littéralement. Mon frère n'était pas revenu non plus sur tout ce que nous avions traversé. Tous croyaient que je m'étais enfuie de chez moi et fait ma tentative de suicide près de la fonderie. Une intervention des membres du Cercle ? Quoi qu'il fût arrivé, cela semblait être pour le mieux, mon père n'aurait pas pu vivre avec le souvenir de m'avoir livrée à une mort quasi certaine. Mais je devais constater l'ampleur des dégâts. Cette porte du cellier fermée n'augurait rien de bon.

– Et tes yeux se sont juste rouverts ? demanda mon père comme si de rien n'était.

– C'est ça.

– Je savais que c'était psychologique, soupira ma mère.

– Non maman, c'est pas psychologique.

– Je savais que t'étais barjot, plaisanta Raphaël en me lançant un clin d'œil.

– Ta bouche Raph.

Maman me serra la main viscéralement.

– On est là pour toi Mona, assura-t-elle d'une voix meurtrie, on est conscients que tu as beaucoup souffert de la perte d'Alix, on est là pour toi, coûte que coûte. Je veux que tu le saches.

Un médecin entra dans la chambre et déclara que mes bilans sanguins étaient bons. Il dit qu'il me fallait essentiellement du repos et évidemment, un suivi psychologique. Je pouvais quitter l'hôpital le lendemain. Qu'étaient devenus Thierry et Léo ? Une partie de la réponse s'offrit à moi lorsque deux policiers vinrent me poser des questions sur lui. Les messages sur son téléphone indiquaient que j'étais la dernière personne à l'avoir vu avec son père qui était porté disparu.

– Et où se trouve Léo ? m'enquis-je.
– Dans cet hôpital même, me répondit un agent, il a été retrouvé inconscient près de la fonderie de Cerifault. Il est actuellement dans le coma et l'on ne sait pas ce qu'il lui est arrivé. Il n'a pas de trace de commotion cérébrale. Son père lui demandait de le rejoindre à la fonderie dans le dernier message sur son portable, c'est toutes les informations dont on dispose. Tu étais avec lui ? Tu as une idée de ce qui a pu se passer ?

Il m'était impossible de raconter la vérité. Impossible.

- Je sais que son père était dangereux, embrayai-je, Léo avait peur de lui. Vous devriez aussi vous renseigner sur sa fonderie, Christophe Bazin avait fait un dossier sur l'utilisation de produits toxiques là-bas.
- Oui ma jolie, rétorqua narquoisement le second policier, des produits toxiques dans une usine, c'est des choses qui arrivent.
- Je veux dire, de façon risquée, pour le personnel et autour de l'usine.
- On est au courant des accusations de Christophe. Mais il n'a pas donné suite à sa plainte après la tragédie qu'il a vécue. Je suis pas certain qu'il y ait un rapport, mais on n'écarte aucune piste.

Au vu de la condescendance de ces types, je compris qu'ils ne me seraient pas d'une grande aide pour déceler la vérité sur la fonderie et les acteurs de l'ombre qui jouent du Medusa. Suite à leur passage, je me faufilai dans les couloirs pour rendre visite à Léo. Il était dans le service de réanimation et avait sa propre chambre. Un calme triste régnait ici, ponctué de rares bips de l'électrocardiogramme. Léo demeurait inerte, entouré d'un matériel médical usé. Ses longs cheveux longeaient ses traits fins ; ils avaient été peignés soigneusement. Je redécouvrais enfin son visage, mais lui ne pouvait pas voir le mien. Après tout ce que l'on avait traversé, j'avais beau savoir que mes sentiments avaient été contrefaits, j'éprouvais pour lui un véritable attachement.

Je n'avais jamais su me l'avouer, mais mon cœur appartenait à Alix, tout était limpide à présent. Il n'y avait rien eu entre nous, mais ce que je ressentais en sa présence allait au-delà de l'amitié. Elle avait changé ma nature profonde en supprimant l'amour que j'avais pour elle de mon esprit, c'est pourquoi le Medusa m'a été transmis. Depuis toujours, ce pouvoir a été hérité dans la douleur, il naquit des persécutions contre les femmes, tel un mécanisme de défense et de ce que j'en avais conclu à propos des agissements du Cercle, il avait sûrement été récupéré par les hommes de force.

En rapprochant mon visage de celui de Léo, j'eus l'impression de sauter dans le vide, j'ignorais ce que j'allais trouver de l'autre côté. La maison de son espace mental avait-elle été forcée ? La réponse m'apparut brutalement ; seule une obscurité opaque m'attendait dans le Medusa de Léo. Il n'y avait plus rien, pas même des ruines, juste un clapotis irréel. D'ailleurs, mon corps commença à être immergé dans l'eau noire. Je me noyais.

– Qui êtes-vous mademoiselle ?

Une infirmière se tenait derrière moi. Je sortis de l'esprit de Léo à mon insu, car il n'y avait plus rien à y voir. Je serrais alors sa main ; c'est l'unique lien que je pouvais lui offrir avec le monde, le reste avait été ravagé par le cercle des détenteurs du Medusa. Il avait tout sacrifié pour moi. Je quittais la chambre avec le maigre espoir de pouvoir un jour lui venir en aide.

Le lendemain, j'ai entamé mon retour à la maison par une partie en ligne de *Devil's Crypt* avec mes potes, ça faisait si longtemps. Ils avaient tous répondu présents pour que nous menions un raid dans un de ces donjons sombres et tortueux. J'avais perdu la main, assurément, mais les bons réflexes remontèrent à la surface petit à petit et le souvenir de l'architecture labyrinthique du niveau se raviva bien vite dans ma mémoire. Ce n'est qu'en fin d'après-midi que le sens des priorités revint à moi. Je commençai à reconstituer les fragments de documents que mon père possédé avait réduits en miettes. J'avais dû fouiller la poubelle de papier, mais tout semblait encore là. À mes yeux, ces chiffres et ces mots qui jonchaient les documents relevaient de l'abstraction, mais les morceaux du puzzle demeuraient suffisamment gros pour retrouver leur place sans trop de difficulté.

— Qu'est-ce que tu fais ma puce ?

Mon père se tenait derrière moi dans ma chambre, je ne l'avais pas entendu entrer.

- Je galère. J'essaie juste de recoller de la paperasse qui a été déchirée par erreur.
- Ah ? C'est quoi ?
- Oh c'est des trucs administratifs du lycée, je croyais pas en avoir besoin donc je les ai jetés et on m'a dit que c'était important en fait.

Un bref silence s'installa.

- Tu ne serais pas en train de me mentir, Mona ?
- Pourquoi tu dis ça ?

Mon père me saisit par la gorge et serra de toutes ses forces. J'avais été négligente, je savais que son espace mental avait de fortes chances d'être encore contaminé, et maintenant, c'était trop tard. Ma vision se troubla, je me sentais partir comme si j'avais pris de la lean[1], sauf qu'une douleur dantesque encerclait mon cou. L'air ne passait plus et mon cœur tambourinait de moins en moins vigoureusement dans mes tempes. Le cri que je voulus émettre s'évanouit en un sifflement sinistre. Mes forces m'abandonnaient. Je vis les yeux de mon père qui s'écarquillaient à mesure que les miens se fermaient, des larmes commençaient à abreuver ses

---

[1] Mélange de soda et de sirop pour la toux à la codéine, considéré comme « la drogue des ados ».

pupilles. Il combattait sa voix intérieure. Il relâcha subitement son emprise et mon corps s'écroula par terre. Une de ses Clarks décolla du sol et s'apprêta à atterrir sur mon visage, mais elle resta suspendue suffisamment longtemps pour que je me dégage de là. Comme exténué, papa reposa son pied et tomba à genoux. Je me ruai alors vers ses yeux pour confronter son envahisseur.

Cette fois, l'accès à la maison avait été bloqué de l'extérieur, naturellement. Sur l'étroit pas de la porte d'entrée, je tenais sur la pointe des pieds pour ne pas chuter dans l'eau noire, juste derrière moi. Mais ce n'est pas la peur de glisser qui me paralysait ; j'étais nez à nez avec le corps inerte de ma précédente projection, placardée par Thierry devant la maison. Le cellophane le dissimulait complètement comme un linceul et s'étirait aux quatre coins de la porte d'entrée à l'image d'une vaste toile d'araignée. Le message était limpide, cette fois, l'heure n'était plus au dialogue. Toute ma colère se déversa contre la porte, je tentai de l'ouvrir par tous les moyens, avec et sans la télékinésie, mais elle ne bronchait pas. Je mis trop de temps à constater qu'il s'agissait d'un leurre, elle était comme dessinée et faisait partie du mur, elle n'avait ni gonds ni interstices. Ce que Thierry avait certainement omis, c'était cette porte-fenêtre défectueuse, à l'arrière de la maison, qui pouvait s'ouvrir d'un coup sec. Papa la connaissait, lui, avec un peu de chance…

Je plongeai dans l'eau noire et contournai ma demeure en tâchant de ne pas immerger ma tête dans l'épais liquide. Il n'y avait que peu de prises le long des murs et je sentais mes muscles fatiguer. En arrivant à l'arrière de la maison, j'ai tiré de toutes mes forces sur la porte-fenêtre. Oui ! La voie était libre. J'ai traversé la cuisine en catimini, la porte du cellier était à présent ouverte, l'intrus avait bel et bien quitté sa cachette. En continuant d'avancer en direction du salon, je vis Thierry. Il était de dos, face à la fausse porte d'entrée et il semblait prêt à m'accueillir dans l'éventualité où j'aurais réussi à me frayer un passage de ce côté-là. Du moins, c'est ce que je croyais, jusqu'à ce qu'il s'adresse à moi.

— Ils ont essayé d'effacer mes traces, mais je n'en ai pas fini avec toi.

Sans se retourner vers moi, il fit réapparaître les embrasures de la porte d'entrée et elle s'ouvrit aussitôt. Je n'eus pas le temps de réagir qu'il avait déjà sauté à travers elle et quitté la maison. Mon sang ne fit qu'un tour au moment où je réalisai ce que cela impliquait ; il s'extirpait de l'esprit de mon père pour rejoindre le mien. Sans trop réfléchir, j'ai également traversé la porte d'entrée et je me suis retrouvée dans une maison miroir à celle dans laquelle j'étais juste avant, il s'agissait bel et bien de mon propre espace mental. À priori, passer la sortie des mondes intérieurs mettait fin au Medusa chez l'hôte, cependant lorsque cela arrivait à proximité d'un regard « médusé », les projections gagnaient alors l'espace mental voisin.

En quittant celui de ma mère l'autre soir, ma projection était sûrement revenue dans mon propre esprit et s'était amalgamée à la Mona qui y habitait, mais quand l'intrus était une projection issue du Medusa d'un autre individu, il pouvait rester autant qu'il le souhaitait, comme lorsque j'ai occupé l'espace mental de mon frère, ou comme quand Thierry nous a envahies, Alix et moi.

J'entendis des pas gravir les marches pour aller à l'étage. Les murs commencèrent à se mouvoir et s'imbriquer différemment. Thierry remodelait mon monde intérieur à sa guise.
  – Alix, t'es là ? m'enquis-je.
  – Je suis derrière le mur, fit une voix étouffée, il m'a bloqué l'accès.

Nous avions réussi à sortir Thierry de mon esprit une fois, mais il utilisait à présent son atout principal ; la déformation de l'environnement, la perturbation des repères.

    – Il faut qu'on parle à l'hôte de cet espace mental tant qu'il est temps, fit Alix, la Mona qui habite ici. À nous trois on peut agir ! Elle est dans ta chambre !

Mais la chambre n'était plus accessible, car l'escalier qui permettait d'aller à l'étage avait disparu. Je mis mes paumes contre les murs de l'entrée et parvins à faire basculer progressivement la pesanteur du lieu. Les meubles et objets environnants dégringolèrent à mesure que la maison tournait et le premier étage finit par se trouver au rez-de-chaussée. J'y avais accès à présent. De mes mains, je fis revenir la pesanteur initiale. À nouveau, Thierry s'était enfermé dans la salle de bain et seule, je n'arriverais pas à forcer la porte. Je pus cependant gagner ma chambre et je vis la Mona-résidente de ce monde intérieur qui jouait sur son ordinateur comme si de rien n'était. Une idée invraisemblable traversa mon esprit. J'ignorais si cela pouvait marcher, mais après tout, si ma maigre expérience du Medusa m'avait bien appris une chose, c'est qu'ici-bas, il fallait avant tout être créative. Alors, je murmurai dans l'oreille de l'hôtesse qui ne semblait pas soupçonner ma présence.

    – Le donjon de Külündil est ta maison.

Il s'agissait du meilleur niveau de *Devil's Crypt*, c'est celui que je venais de refaire avec mes amis et que je connaissais dans les moindres recoins. Même lorsque j'étais non-voyante, j'adorais me rappeler ses dédales et je m'imaginais le parcourir en long et en large.

– Le donjon de Külündil est ta maison.

En relevant la tête, je remarquai que les murs tapissés de ma chambre étaient à présent faits de pierres. Des torches illuminaient la pièce.

– Le donjon de Külündil est ta maison.

En me penchant à nouveau vers l'habitante de ce monde intérieur, je constatais que l'ordinateur qui lui faisait face avait été remplacé par un imposant grimoire. Une simple suggestion avait permis de modifier l'espace mental de Mona afin qu'il revêtît l'apparence d'un niveau de jeu vidéo que j'affectionnais particulièrement. Après tout, il représentait de nombreuses heures de ma vie, une pléthore de souvenirs et je m'étais approprié son atmosphère. Ce lieu fictif avait pris vie dans mon esprit.

Je sortis de ma chambre devenue un logis de sorcier. Je me retrouvai alors dans un long couloir sombre et froid et aussitôt, quelques chauves-souris vinrent me frôler de leurs ailes avant de continuer leurs errements vers l'obscurité lointaine qui me faisait face. Les agrégats rocheux qui dessinaient les murs étaient ponctués d'immenses statues de chevaliers déshumanisés par leurs imposantes armures. En y regardant de plus près, l'environnement était constitué de polygones texturés, comme dans le jeu dont il était inspiré. L'échelle de cet espace mental était sans commune mesure avec celui d'avant, Alix et moi connaissions les lieux, mais pour un non-initié, ce labyrinthe médiéval relevait du cauchemar. Thierry ne pouvait plus s'approprier ce lieu, car il lui était totalement étranger et changer quelques couloirs de place ne ferait que le perdre davantage. J'attrapai une torche sur un mur et commençai à arpenter les environs.

— C'est bien joué ça Mona, résonna la voix de Thierry au loin, tu gagnes du temps. Mais si tu crois que ça va suffire…

Je perçus un début de panique dans le tremblement de la voix de notre intrus. Des pas timides vinrent dans mon dos puis des bras m'enlacèrent. Je tressaillis.

— Tu vas bien ? me demanda Alix, t'as eu une idée de génie sur ce coup-là. Tiens.

Ma défunte amie me tendit une clé rouillée et couverte de toiles d'araignées. Nous échangeâmes un regard complice et allâmes ouvrir la porte du vieux cachot, dans l'aile ouest. Sur le chemin, nous dûmes rester hors de la vue des quelques goules qui rôdaient là machinalement, depuis une éternité. En introduisant la clé dans la serrure de l'imposante porte, un cri guttural s'échappa de l'obscurité de la pièce, puis nous courûmes vers la salle d'alchimie. Là-bas, on y trouvait un passage secret que seuls les aventuriers confirmés connaissaient, derrière la bibliothèque séculaire. Nous étions alors cachées dans l'étroite alcôve, privées de lumière, tandis que le cyclope arpentait à présent le donjon. Ses lourds pas annonçaient une mort certaine pour les malheureux qui se trouveraient sur son chemin, du moins, dans le jeu. Ici, j'ignorais s'il représentait un véritable danger, mais je savais qu'à minima, il jouerait avec les nerfs de Thierry. Le hurlement d'effroi ne se fit pas attendre, il était bref, concentré. Quelques minutes s'écoulèrent, le temps semblait se dilater sous cet épais silence. Pour me détendre, Alix me caressait le dos. Cela fonctionnait.

Nous sortîmes lorsque les pas de la créature ne retentissaient plus. La recherche commença, nous parcourûmes les pièces du donjon une par une. Le danger se trouvait derrière chaque porte, toutefois nous savions comment le contourner. Le corps de Thierry gisait au niveau de la fosse aux pieux. Un des grands pics lui avait traversé l'entrejambe et ressortait par sa gueule béante. Il respirait encore et ses membres étaient pris de soubresauts. Est-ce qu'une projection de Medusa pouvait souffrir ? Elle m'en avait tout l'air. J'ai détourné les yeux, ce spectacle morbide me glaçait le sang. Alix, elle, disséquait du regard son oppresseur endolori.

– Il disparaît, décrit-elle d'une voix atone.

Mes yeux se posèrent à nouveau sur le pieu, un nuage de poussière s'évaporait dans la pièce. C'était fini, pour de bon. La Mona-hôtesse de cet espace mental vint à ma rencontre et m'assimila pour me faire disparaître à mon tour. Nous décidâmes elle et moi de transformer ce monde intérieur pour qu'il reprenne la forme de ma maison familiale et qu'il évacue ainsi, les pièges et autres créatures maudites.

À mon réveil du Medusa, mon père se tenait toujours face à moi, les yeux brillants. Nous étions tous deux agenouillés sur la moquette de ma chambre.

– Qu'est-ce qu'on fait là ? bredouilla-t-il.

Il ne chercha pas à en savoir plus, comme s'il avait compris que cela n'était pas nécessaire. Je l'enlaçai. Il m'enlaça à son tour.

XII

Quelques mois plus tard, c'était la fin des cours et l'été battait son plein. La chaleur saisonnière s'immisçait dans la brise et transportait l'odeur voluptueuse des plantes en floraison. Nous avions profité de cette occasion pour tous nous retrouver, avec mes potes de Discord, pour aller faire une partie de *Knights & Sparks*, notre jeu de plateau favori. Nous étions assis et formions un grand cercle de geeks sur l'étendue d'herbe. On s'était tous donné rendez-vous au parc des Lisées à quelques stations en TER de Cerifault. L'alcool bon marché coulait à flots, j'étais déjà bourrée alors qu'il n'était que quinze heures. L'ivresse et le soleil nous rendaient beaux. Le rire de Sami résonnait plus fort que tous les autres et me faisait m'esclaffer à mon tour.

Ma famille ayant fait preuve d'amnésie sur certains des derniers évènements que nous avions traversés, Sami était le seul au courant de tout ce qu'il s'était réellement passé. En apprenant que j'avais failli mettre fin à mes jours, il s'était confondu en excuses de m'avoir abandonnée alors que je n'avais pas été moi-même. Je ne pouvais m'empêcher de me sentir coupable, moi aussi, de lui avoir parlé comme je l'avais fait. Il a perdu sa maman quelque temps après ces évènements des suites de son cancer. Je savais qu'il tenait à elle plus que tout, mais il était là et il dévoilait sans cesse son sourire garni de bagues dentaires rayonnantes. On ne pouvait plus se voir autant qu'avant, car il avait dû déménager chez son oncle et changer de lycée, mais nous étions malgré tout plus soudés que jamais. Et de toute façon, dans un an, j'allais aussi pouvoir quitter Cerifault pour intégrer l'école de jeux-vidéo de mes rêves. Enfin, encore fallait-il que j'obtienne mon bac.

- Vas-y jette les dés Nico, au lieu de parler, lança Alban.
- Tu vas rien faire du tout avec ton sorcier de pacotille.
- C'est ce qu'on va voir.

Je nous contemplais là, et la nostalgie laissait déjà son empreinte ; les potes, Sami, papa et maman, Raph… même cette satanée ville de Cerifault allait me manquer. En étant extirpée de mon quotidien et en découvrant que rien n'était intangible, j'ai pris la mesure de ce qui me tenait à cœur. Ces derniers évènements que j'avais traversés m'avaient rendue alerte sur la valeur de ce que

226

je pensais acquis, à commencer par la vue. Quel bonheur de retrouver les visages et les couleurs, de se laisser aller à la contemplation d'imposants nuages qui s'amoncelaient ou juste de pouvoir se déplacer sans crainte. Récemment, je me suis dit que ce n'était pas tant la cécité en elle-même qui m'avait ensevelie de mélancolie, mais l'incompréhension de ma condition. J'aurais sans nul doute fini par accepter mon handicap et eu une vie normale si mes paupières ne s'étaient pas relevées, il m'arrivait d'ailleurs encore de broyer du noir alors que j'aurais dû me sentir libérée. Ce qui me tourmentait, au-delà de ce que j'avais traversé, c'était les questions qui restaient en suspens.

Le retour de ma vue était-il en relation avec la disparition de Thierry, ou était-ce lié à la résorption de stigmates plus profonds encore ?

– Treize… indiqua Margot, la « game master », d'un ton péremptoire, vous arrivez près d'un marécage, une sorcière apparaît ! Un champ de force la protège et seule l'invocation du Minotaure peut la faire flancher.

Juste après ma dernière confrontation avec Thierry depuis l'esprit de papa, j'étais allée visiter l'espace mental de chacun des membres de ma famille afin de m'assurer qu'aucune autre intrusion n'avait eu lieu. Tout semblait en ordre et pourtant, le Cercle avait visiblement orienté et déformé les souvenirs de ma famille. Il n'y avait plus une trace dans leur mémoire du soir de ma tentative de suicide, des documents qui concernaient la fonderie et aussi… le fait que mon père m'ait livrée à une secte qui voulait ma mort. Je comprenais que l'organisation opérait avec minutie, tels des fantômes, afin de façonner le monde à leur guise. Les méthodes de Thierry, diamétralement opposées, ne devaient pas être à son goût. Cela expliquerait pourquoi son corps n'a jamais été retrouvé et qu'il avait peut-être disparu dans les entrailles de sa propre fonderie. Peut-être qu'ils avaient aussi tordu ma mémoire sans que je ne m'en souvienne, mais mon intuition penchait sur la probabilité qu'ils m'aient épargnée parce que j'avais prouvé ma capacité à me défendre du Medusa.

- Alban, il te reste un point de vie. Mais comme tu te trouves devant la fontaine de jouvence, tu peux récupérer toute ta vie si tu fais un six.
- Allez, allez… un petit six…

Au quotidien, rien n'était tout à fait revenu à la normale, j'étais passée de la « somnambule » à la « miraculée », celle qui avait retrouvé la vue comme par magie, c'est pourquoi j'étais condamnée à rester l'ado qui sème des murmures sur son passage. Pendant quelques jours, les médias locaux s'arrachaient le buzz[1] en abordant mon cas, en tentant des interviews sauvages de moi et de mes proches avant qu'ils ne se rabattent sur une autre information croustillante la semaine suivante. Ironiquement, le scoop en question était lié, car il s'agissait des dangers de la fonderie ; un article publié par un canard du coin avait fait l'effet d'une déflagration et la nouvelle avait fini par résonner dans tout le pays. J'étais parvenue à cacher le dossier reconstitué sur la fonderie chez les parents d'Alix, de façon à ce qu'ils tombent dessus un jour sans se douter que cela vienne de moi. J'avais laissé un mot : *« Envoyer le plus discrètement possible à la presse avec le reste. En mémoire d'Alix ».*

– À toi Momo, me dit Sami.

Christophe avait bien récupéré le dossier que je lui avais transmis, aucun Medusa ne semblait s'être interposé. J'avais néanmoins l'étrange sensation d'être constamment surveillée et je ne pouvais m'empêcher de me remémorer ces ombres qui nous avaient poursuivies, Léo et moi. Un jour, elles finiraient peut-être par m'attraper et elles s'infiltreraient dans mon esprit pour tout détruire, comme elles l'ont fait avec Léo. Je possédais toujours le Medusa, mais je vivais avec la

---

[1] Bouche-à-oreille véhiculé en un temps record via Internet.

certitude que si je m'en servais à nouveau, le Cercle s'en prendrait à moi.

À cet instant, j'aperçus un homme au loin qui se tenait face à notre groupe, les yeux bandés. L'effroi s'empara de moi, je me levai aussitôt pour mieux distinguer l'individu et éventuellement, déguerpir d'ici.

– Attention, je vais t'attraper, hurla-t-il.

Je vis un bambin courir devant le type. Il s'agissait d'un père qui jouait à colin-maillard avec son gamin. En plus de traumas récents, la fumette me rendait bien parano.

– Euh… Mona ?

Sami pouvait comprendre mes moments d'égarement, pour les autres c'était évidemment un peu plus compliqué. Les ricanements affluèrent parmi mes amis, après tout, c'est vrai que de l'extérieur, je devais souvent avoir l'air perchée. Je me mis à rire avec eux.

Je m'étais bien servi une ultime fois du Medusa il y a quelques semaines pour faire un peu de ménage dans l'esprit de Justine, complètement désordonné par ma faute. Ma précédente projection avait bel et bien quitté les lieux, mais le chaos demeurait dans sa chambre-mentale. Au-delà du rangement, les seuls changements que j'ai opérés sur elle avant de définitivement m'en aller furent de minimiser l'emprise de sa mère sur elle en son for intérieur. Quelques jours plus tard, Justine était redevenue Justine, et sa médisance arpentait à nouveau les couloirs du lycée comme si rien ne s'était passé, ou presque.

En fin d'après-midi, nous rentrions tous chez nous en nous promettant une partie en ligne très bientôt. Sami et moi conversions tout le long du retour. Comme avant, on parlait de choses sans importance, des rumeurs du lycée, de la dernière série Netflix, des vacances, de la prochaine soirée. Toutes les étrangetés, les drames qui s'étaient mis en travers de notre route… tout s'effaçait, le temps d'un trajet.

On s'enlaçait aux abords de la gare, le ciel azur était constellé de nuages roses au-dessus de nous et des HLM au loin.

J'ai marché une quinzaine de minutes pour retrouver Cerifault. En traversant le pont, je vis les machines de chantier à l'arrêt qui menaçaient la fonderie ; des pinces hydrauliques avaient commencé à démonter la structure supérieure du bâtiment tandis que les dumpers qui récupéraient les gravats dormaient à côté. Je n'avais pas envie de rentrer tout de suite chez moi. Je décidai de me poser pour me rouler un dernier joint au bord du canal. Mes écouteurs logés dans les oreilles, je laissais le morceau *Adélaïde* de Maria BC se mêler à la douceur du soir et la fumée de cannabis se lovait contre moi. Avec cette fonderie qui s'effaçait du paysage, je me fis la réflexion que finalement, Cerifault n'était pas si figée. Le canal allait constamment de l'avant. Je voyais toutes ces petites rues, ces commerces, ces maisons avec un regard nouveau. Peut-être qu'une partie de moi était changée, elle aussi. Quelques silhouettes de l'autre côté de la rive bousculaient de la plus infime manière, l'inertie du moment ; une vieille dame promenait son chien, un homme faisait son jogging… La nuit tombait sur moi et je me savais en sécurité. Je fermai les yeux, je n'étais pas complètement seule. Tant que tu étais avec moi, tout irait bien.

Je suis toujours là, Mona.

Ce livre a été imprimé en France

Dépôt légal : Juillet 2025